# Terminale Terminus

# RAT NOIR

Collection dirigée par
Natalie Beunat et François Guérif

Couverture illustrée par Olivier Balez

ISBN : 978-2-74-850892-5

THIERRY ROBBERECHT

# Terminale
# Terminus

SYROS

# 1

Maman avait d'abord refusé que je le regarde une dernière fois. Pas parce qu'il n'était pas beau à voir, non. Elle n'avait pas cessé de répéter qu'il avait l'air serein. Elle devait penser qu'un mort, même un grand frère, c'est toujours un cadavre.

– Je veux que tu gardes une image intacte et souriante de ton frère, avait-elle dit.

J'avais évité de lui répondre que Louis ne souriait pas souvent. C'était vrai mais ce n'était pas le moment d'en discuter avec ma mère. Elle avait déjà vieilli de vingt ans en quelques heures. On voyait bien à ses yeux gonflés et à sa démarche hésitante qu'elle venait de se faire boxer par la vie. Elle avait pris un coup dont elle ne se relèverait jamais. Elle méritait que je lui fiche la paix, ma mère.

Je suppose qu'en fermant les yeux, dans son album de photos intime, Maman voyait sourire son fils, Louis. C'était sans doute mieux ainsi. À trois ans, Louis souriait sûrement, à douze ans parfois, mais ces dernières années, jamais.

Le mien d'album affichait un grand garçon maigre et mal dans sa peau de dix-sept ans, des cheveux noirs, des yeux tristes, un long nez qu'il détestait, peu causant et très secret.

Je me souviens que lorsqu'il était enfant, mon frère était farceur et spontané, drôle et curieux. Et puis, avec le temps, il s'était renfermé sur lui-même comme s'il avait compris que la vie n'avait rien d'amusant.

Les parents avaient d'abord mis son changement de caractère sur le compte de la puberté. C'est vrai que des poils et des boutons lui poussaient un peu partout et qu'il grandissait par à-coups, de façon disgracieuse, mais moi je savais que la raison de sa tristesse était ailleurs.

Depuis trois ans que nous avions déménagé et qu'il avait débarqué au lycée, il était devenu le souffre-douleur des élèves de sa classe. Il n'était pas sûr de lui, les autres feignaient de l'être et profitaient à fond de la situation. Cette situation, il en était probablement en partie responsable, avec son grand corps maigre et voûté, et son air de chien battu.

Je me rappelle qu'au début, quand il revenait en pleurant à la maison, Papa disait qu'il irait voir le proviseur. Louis s'affolait : « Surtout pas ! Ce sera plus terrible encore ! »

Mon frère s'est attaché ensuite à ne rien montrer de ses difficultés aux parents. Moi-même, je ne savais pas exactement ce qui se passait en cours parce qu'il n'en parlait jamais, mais combien de fois n'était-il pas monté directement dans sa chambre en rentrant du lycée ? Il ne voulait voir personne et ne sortait que pour le dîner, silencieux et les yeux rouges.

Les gens aiment battre les chiens battus.

À table, lui arracher un mot relevait du tour de force. Quand il lâchait quelque chose, c'était souvent des vannes morbides qui ne faisaient rire que moi mais, la plupart du temps, nous ignorions ce qu'il pensait et quels étaient ses projets, s'il en avait.

Quand les parents lui posaient des questions, il avait l'art de les rassurer sur ses résultats scolaires qui étaient satisfaisants et sur sa vie en général.

Face à des interrogations plus précises sur son emploi du temps, il répondait par une pirouette :

– Hier soir, j'ai rencontré Xavier Dumoulin, ses parents vont se séparer.

– Les Dumoulin se séparent ! s'exclamaient Papa et Maman. Pas possible !

La conversation filait alors à des années-lumière de la vie de Louis. Le divorce d'un couple de leur âge a toujours fasciné mes parents. Peut-être que la question les avait si souvent effleurés eux-mêmes qu'ils voulaient absolument en savoir plus... Ils se comportaient alors comme des lecteurs de journaux à sensation.

– Je parie que le père Dumoulin a rencontré quelqu'un, disait Maman.

– Pourquoi ce serait forcément lui qui voudrait rompre ? répondait Papa. Même si sa femme a toujours été insupportable...

Je regardais Louis, assis de l'autre côté de la table, satisfait d'avoir fait dévier les questions des parents. Aujourd'hui encore, je revois le coup d'œil qu'il m'adressait. Il savait que moi, il ne m'avait pas dupée.

Moi, sa petite sœur née un an et douze jours après lui, je voyais bien que Louis vivait en solitaire. Je savais qu'il fumait de temps en temps un pétard sur la terrasse de sa chambre et qu'il sortait parfois voir un ami. Quel ami ? Je n'en avais aucune idée.

Louis ne désirait pas parler de ses problèmes aux parents, pourquoi l'aurais-je trahi ? D'autant que, pendant l'année de terminale, la dernière de la vie de Louis, j'ignore pourquoi, mais les choses s'étaient apparemment améliorées. Les trublions s'étaient assagis ou Louis s'était défendu, je ne sais pas. En tout cas, il n'était plus la tête de turc de la classe, même s'il restait souvent seul et, n'en déplaise à ma mère, triste.

Nos vieux avaient envie d'être rassurés et mon frère remplissait parfaitement ce rôle. Ils s'accrochaient à l'idée que tout était rentré dans l'ordre, que leur fils avait enfin trouvé sa place. Le contraire les aurait trop fait souffrir.

*5 septembre*

*Demain, c'est la rentrée en terminale. J'ai la gorge sèche et les mains moites. Je crains l'enfer de l'année dernière. Est-ce que les choses changent parfois ? Ou alors nous poursuivons nos vies comme des satellites qui accumulent les informations sans jamais modifier leur course jusqu'au moment où ils retombent ?*

*Tout repeindre en blanc*
*Tout remettre à neuf*

*Faire table rase du passé*
*Même si*
*Au matin*
*Mes taches de moisissure*
*Réapparaissent.*

*6 septembre*

*Premier jour de classe. J'ai prétexté avoir mal au ventre. Trop peur. Seule Alexia a compris. Comme d'habitude, les parents sont tombés dans le panneau. Ils m'ont permis de rester à la maison.*

*Seul dans ma chambre, j'ai cherché le sommeil, que je n'ai pas trouvé. J'ai écrit un peu. Lu beaucoup. Rimbaud m'éclate.*

*12 septembre*

*Le cauchemar vient de reprendre. Pendant quelques jours, ils m'ont fichu la paix mais ce n'était qu'un round d'observation, une reprise de contact après la rentrée. Ils m'ont observé et ils ont dû se dire que rien n'avait changé.*

*Aujourd'hui, ils sont passés à l'attaque. Ils ont déposé malicieusement une boîte de Coca ouverte dans mon sac à dos. On pourrait dire que ce n'est pas dramatique, même si le résultat est effrayant.*

*Il m'a fallu plus de deux heures pour décoller mes feuilles de cours. Quand ce n'était pas possible, j'ai dû racheter des cahiers neufs et tout réécrire. Sans parler des explications à donner aux profs.*

*Ils sont bizarres, les profs. Beaucoup ne réagissent qu'à la condition d'être témoins de la scène, or la plupart des agressions se déroulent entre deux cours, dans les couloirs et les classes vides.*

*Quelques-uns, comme Baudy, le prof de français, essaient de me protéger. Il est vrai que Baudy aime la poésie. L'année passée, après avoir lu un de mes textes, je me souviens qu'il avait cherché mon visage des yeux dans la classe.*

*– C'est vous, Lange, qui avez écrit ceci ?*

*– Oui, m'sieur.*

*Depuis ce jour-là, Baudy me regarde différemment et, quand il se trouve dans les parages, les autres évitent de m'agresser. Il a déjà collé l'un ou l'autre de mes « camarades » parce qu'il s'en prenait à moi. Il est devenu mon ange gardien, en quelque sorte, mais avec des pouvoirs limités.*

*Demain, je dois m'attendre à autre chose. J'ai lu quelque part que chacun de nous renvoie aux autres l'image qu'il a de lui-même. La mienne n'est pas terrible (un lapin apeuré ?). Ils en profitent à fond. Je devrais pouvoir afficher une gueule de dragon en colère mais je n'y parviens jamais.*

*Il me reste une année à tenir. Ensuite, j'irai où ils ne sont pas. Je saurai enfin si c'est moi qui crée ce genre de démons.*

*17 septembre*

*C'est l'enfer. Je n'existe plus en tant que Louis Lange. Je suis devenu* la *cible.*

*Je comprends à présent que mes parents ne m'ont rien appris de la vraie vie. Peut-être même qu'ils ne la connaissent pas... Ils ont été élevés dans un bocal de bons sentiments et ils pensent pouvoir reproduire le même schéma avec leurs enfants. Il faut suivre le chemin tracé et respecter les autres. Jamais ils ne nous ont appris à nous armer pour que nous puissions nous défendre.*

*Le problème, c'est que mon bocal doit être fêlé ou brisé et qu'il ne me protège plus des attaques de l'extérieur.*

*Je ressemble à un animal parachuté dans la jungle, avec des dents de lait et des griffes soigneusement coupées.*

*Dans la famille, seule Alexia paraît s'en sortir. Elle doit avoir compris certains principes de l'existence qui m'ont échappé.*

*À présent, je rentre et je m'enferme dans ma chambre. Après deux pétards, je me sens mieux. Avec le shit, mon bocal se reconstruit. Jusqu'à demain.*

# 2

Mourir à dix-sept ans, écrasé par une voiture, c'est pas une vie. C'est pourtant ce qui est arrivé à mon frère ce mardi de mai vers dix-neuf heures trente. Ça fait presque six mois, aujourd'hui. Des témoins ont raconté que Louis traversait l'avenue sur un passage piéton, à l'autre bout de Lille, quand un 4 × 4 l'a percuté de plein fouet. Il n'a eu que le temps de regarder l'engin lui foncer dessus. La bagnole devait rouler à quatre-vingts kilomètres à l'heure, d'après les calculs des flics. Louis a été projeté dix mètres plus loin. Emporté par sa vitesse, le 4 × 4 lui est passé sur le corps.

– Ils n'ont même pas freiné, a déclaré un témoin à la police.

À vingt heures trente, le jour du drame, deux policiers ont sonné à la porte. J'ai ouvert. Je pensais que c'était mon frère qui rentrait. La clef de Papa était restée sur la porte, à l'intérieur, et c'était probablement la raison pour laquelle il sonnait.

Il était tard mais nous n'étions pas inquiets. Louis nous avait dit qu'il avait un rendez-vous ce soir-là. Avec le recul, je me suis demandé avec qui Louis pouvait bien avoir rendez-vous.

Devant moi, deux flics avec des têtes d'enterrement ont demandé à voir mes parents. J'ai voulu savoir ce qu'il se passait mais en vain. En matière de nouvelles tragiques, une petite sœur, ça ne compte pas.

– Nous désirons parler aux parents de Louis Lange, mademoiselle, ils ont répété.

– Papa ! Maman ! Je crois qu'il est arrivé quelque chose de grave !

Les officiers de police nous ont annoncé la nouvelle : la mort de Louis Lange, percuté par une voiture, avenue du Général-Mélan, à la hauteur du numéro 24. Il n'avait pas souffert.

Maman s'est mise à hurler son désespoir. Moi, j'étais tétanisée. Papa nous a prises dans ses bras. Je me souviens avoir pensé que le malheur venait de s'abattre sur nous pour toujours. Notre Louis. Les larmes de ma mère ont mouillé mon visage. Moi, j'étais incapable de pleurer. Ma colère supplantait toutes les émotions.

De toute façon, j'ai toujours détesté les 4 × 4. Je n'ai jamais compris à quoi ça servait, sinon à polluer la ville et accessoirement à tuer mon frère.

Les informations données par les flics sur la voiture meurtrière et son conducteur ont évolué d'heure en heure. La plaque minéralogique avait été notée par un témoin de l'accident.

Tout d'abord, ils ont pensé qu'il s'agissait d'un conducteur ivre, incapable de maîtriser son véhicule. Après vérification, la voiture avait été volée deux heures plus tôt à un type qui avait un alibi en béton et pas d'alcool dans le sang. Ensuite, c'est la thèse de deux petits truands de troisième zone, très jeunes probablement, roulant trop vite dans une voiture qu'ils venaient de voler, qui a eu la cote.

Quand ils étaient venus nous annoncer la nouvelle, les policiers avaient tenu à nous décrire l'accident avec beaucoup de précisions, à mes parents et à moi qui ne tenions pratiquement plus debout.

Louis Lange était mort devant le 24 de l'avenue du Général-Mélan. Il marchait dans les clous. La voiture qui l'avait percuté roulait beaucoup trop vite.

– Les pare-chocs de ce genre de 4 × 4 sont si hauts, a ajouté le second policier, que votre fils n'a pas été touché aux jambes mais en pleine poitrine. Le choc l'a probablement tué sur le coup.

Ils ont répété qu'il n'avait pas souffert. Je me suis demandé si les flics considéraient que c'était une consolation.

Puis ils ont demandé à mes parents de venir identifier le corps de Louis. Nous sommes partis tous ensemble à la morgue.

Papa a pris le volant. Maman n'arrêtait pas de pleurer et moi je scrutais les trottoirs comme une folle. Ce soir-là, tous les jeunes dans la rue ressemblaient à notre Louis.

À la morgue, Maman a préféré que je reste dans le couloir. Sur le coup, je n'ai pas insisté. Peut-être avait-elle raison, finalement...

Je gardais en mémoire le visage de mon frère vivant, ni beau ni moche, et certainement pas souriant. Nous n'étions pas vraiment proches mais il était mon frère et je l'aimais. Nos souvenirs d'enfance étaient presque identiques. Quand il commençait une phrase, je pouvais dire comment il la terminerait et il me suffisait de prononcer « cerf-volant » ou « dîner de famille » pour que Louis sache à quels instants précis de nos vies je faisais allusion.

À l'école maternelle, on venait me chercher en classe pour que je figure avec Louis sur la photographie annuelle. J'étais si fière de lui ! Moi, j'avais un frère qui souriait aux mêmes souvenirs que moi. Nous avions nos parents en commun. Une enfance, des histoires rien qu'à nous et des valeurs identiques, sans parler du sang qui coulait dans nos veines.

*23 septembre*

*Ils ont découvert dans mon sac mon exemplaire d'Apollinaire. Ils se sont passé* Alcools *comme s'il s'agissait d'un ballon de basket. Le livre a atterri sur le banc de Vanessa qui me l'a rendu sans même me regarder. Il est abîmé. C'est l'exemplaire de N. Faudra que je lui en achète un autre.*

*Vanessa a continué à relire son cours comme si de rien n'était. À ses yeux, je fais partie du même monde que mes agresseurs. Fabrèze, Angeli et Mexin. Elle n'a pas tort.*

*Les autres ne veulent pas voir ce qui se passe et, d'ailleurs, il ne se passe rien. Trop anecdotique en tout cas pour en parler aux profs, et mes vieux ne comprendraient pas.*

*Ce matin, par exemple, nous avions sport. Un petit malin en a profité pour arracher le bouton de mon pantalon dans le vestiaire. J'ai passé la journée à le retenir. Visiblement, ils ont trouvé la situation très amusante, et je me vois mal aller me plaindre au proviseur. Rien à dire, mes ennemis sont créatifs et drôles. Et ils sont adroits. Ils s'attaquent à moi entre les cours, quand les profs sont absents, et jamais avant l'arrivée des enseignants qui pourraient poser des questions, alerter la direction et s'en prendre à eux. Ils sont malins. Ils comptent aussi sur ma fierté. Ils sentent que jamais je n'irai les dénoncer. Trop peur de passer pour un pleutre... trop peur de passer pour ce que je suis !*

*Il ne faut pas que j'emporte mon journal en cours. Ils s'en délecteraient.*

27 octobre

*Mes parents sont partis en week-end. Je crois que ma sœur s'est trouvé un copain car elle n'est pas rentrée la nuit dernière. J'ai passé le week-end seul.*

*J'ai un peu fumé pour chasser l'angoisse. Lu Jim Morrison et surtout Maïakovski qui m'a donné du courage. C'est N. qui m'en a parlé. Il m'a filé son exemplaire.* Du monde j'ai fait le tour, *ça s'appelle. Putain ! Quelle vitalité, ce mec !*

Je pénètre
sur la place de la Concorde
et j'attends
que,
levant sa tête ouvragée,
échappant à la surveillance domestique,
la tour Eiffel,
sortant du brouillard,
se présente à moi
le bolchevik.
– Tss-tss !
la tour,
faites moins de bruit en marchant !
On va vous voir !

*Dans l'enthousiasme, j'ai réussi à écrire quelques lignes.*

*6 décembre*

*Aujourd'hui, je suis resté deux heures enfermé dans une armoire. Un coup de mes « camarades » de classe. C'est le concierge qui m'a libéré. Il a demandé des explications que je n'ai pas voulu lui donner. Il connaît les réponses à ses questions. Il ferme les yeux comme les autres.*

*Dans l'armoire, j'ai été assailli par des angoisses terribles.*

*À la maison, évidemment, je n'ai parlé de rien. J'ai fumé un joint sur la terrasse de ma chambre avant de me sentir capable d'affronter ma famille.*

# 3

J'ai attendu mes parents dans le couloir de la morgue. Absurdement, j'espérais encore que le cadavre n'était pas celui de Louis.

Cet espoir a été anéanti quand mes parents sont revenus vers moi, complètement brisés. Leur chagrin était terrible à voir.

J'ai dit le plus calmement possible que moi aussi, je voulais voir Louis. Maman a murmuré que ce n'était pas une bonne idée. Je lui ai répondu que Louis était mon frère et que le voir une dernière fois était important pour moi. Papa a regardé Maman et sans un mot m'a tendu la main. Je l'ai prise. Il m'a accompagnée jusqu'au corps.

Louis reposait sur une table. Il était grand. Presque un homme, j'ai pensé. Son visage était pâle et marqué mais n'exprimait rien. Un drap recouvrait le reste de son corps. Je me suis dit qu'on nous cachait sa poitrine défoncée mais c'était bien comme ça. Finalement, il était dans la mort exactement comme dans la vie : il ne faisait pas de vagues, pas de bruit. Il n'était pas du genre à se faire remarquer.

Devant le cadavre de mon frère, je n'ai pas réussi à pleurer. Pourtant, mon chagrin était bien là. Il formait une énorme boule dans ma gorge.

J'ai fermé les yeux plusieurs fois pour imprimer l'image de Louis mort mais serein. Je ne l'ai pas touché.

Quand nous avons rejoint Maman, un médecin de garde lui prescrivait des calmants. Il paraît que c'est la procédure quand on vient de perdre un proche. Je me suis dit que c'était la meilleure manière de nous empêcher de devenir fous.

Une employée de la morgue est venue nous apporter les affaires de Louis et son sac à dos, un sac bleu avec des bretelles noires comme il en existe des milliers mais que j'ai reconnu tout de suite. Les vêtements qu'il portait au moment de l'accident étaient soigneusement emballés dans du papier kraft.

C'est à moi que la femme a remis le sac à dos. Papa a pris les vêtements de son fils. J'avais l'impression d'assister à un échange inégal dans lequel nous étions largement perdants. La femme a tenu à nous préciser que le sac n'avait été ouvert que pour trouver les papiers d'identité de la victime. J'ai failli lui répondre qu'on s'en fichait royalement.

Nous sommes rentrés sans dire un mot. Lille avait quelque chose de sinistre. Même la maison semblait accuser le coup.

Ce soir-là, Maman s'est recroquevillée dans un fauteuil. Papa a appelé la famille, des amis. Chacun réagissait à sa manière.

Moi je suis montée dans la chambre de Louis. J'avais envie de m'asseoir sur son lit pour retrouver un peu de mon frère dans son repaire. J'avais pris son sac à dos avec moi. Mon intention était de le poser au pied de sa table de travail où il avait l'habitude de le laisser. C'est là que je le voyais chaque fois que je frappais à la porte de sa chambre pour qu'il m'aide dans des matières qu'il avait étudiées l'année précédente. J'étais toujours la bienvenue. Il était patient comme un bon prof qui comprend parfaitement les difficultés de son élève parce que lui aussi il a ramé.

Bizarrement, la porte était fermée à clef. Pourquoi mes parents l'auraient-ils verrouillée ? Ou alors c'était

Louis lui-même qui fermait à clef en sortant? Pour quelle raison?

Jamais je ne m'en étais rendu compte.

L'idée m'est venue de chercher dans son sac à dos. Tout de suite, ma main a trouvé son trousseau de clefs. Autour d'un anneau en cuir noir était attachées les clefs de la maison, celle de son casier au lycée, très reconnaissable, une clef inconnue et une autre, banale, qui devait être celle de la chambre.

J'ai ouvert. La pièce était plongée dans l'obscurité. J'ai allumé. Elle était comme je l'avais toujours connue. Un peu triste et ordonnée. Je me suis dit que Louis ne dormirait plus jamais dans ce lit.

C'est en pénétrant dans la chambre que, enfin, des larmes me sont venues. J'ai pleuré longtemps en silence, assise sur son lit.

Quand je suis parvenue à me calmer, j'ai regardé autour de moi. Je reconnaissais toutes les photos, les posters et les objets. Cette chambre, c'était la première fois que je la voyais vraiment.

Soudain, j'ai pensé que si Louis ne s'était pas rendu avenue du Général-Mélan, il serait toujours en vie. J'aurais frappé à sa porte et il m'aurait ouvert. Que faisait-il à l'autre bout de Lille? J'avais l'impression que ça m'aurait fait du bien de comprendre.

Dans son sac, j'ai trouvé son agenda. C'était le cadeau traditionnel des parents au Nouvel An. La plupart des feuilles étaient vierges, sauf celle du jour de l'accident.

Il était écrit : *19 h 30 RDV* !!!

Rien de plus. Pas de nom. Pas d'adresse. Le rendez-vous était si important qu'il suffisait de l'écrire. RDV avec qui ? Avec la mort ?

Le soir même, des gens sont venus, les bras ouverts et les yeux rouges. Nous avons beaucoup pleuré. Les sanglots de désespoir de Maman éclataient comme des bombes.

Vers cinq heures du matin, nous nous sommes couchés. Malgré les calmants, personne n'a dormi. J'entendais Maman pleurer et Papa parler.

Ma colère était toujours là. La sensation d'injustice aussi. Et puis, par-dessus tout, je ne pouvais m'empêcher de penser que j'étais passée à côté de mon grand frère, que j'ignorais qui était vraiment Louis Lange et qu'il était trop tard pour revenir en arrière.

*18 décembre*

*Tous les quinze jours, je vais me fournir chez N. Mes seuls moments de sérénité.*

*On fume. On parle. La fumée nous rapproche. Issue de nos bouches, elle se rassemble au-dessus de nos têtes comme les frondaisons des arbres. Nos silences aussi nous rapprochent. Pas besoin d'être aux aguets avec N. C'est un type bien.*

*Souvent, nous parlons poésie. Il me lit des auteurs contemporains dont je n'ai jamais entendu parler. Sa bibliothèque est énorme, ses connaissances, immenses.*

*Je lui soumets mes textes et on en discute.*

*Ces derniers temps, j'écris avec régularité.*

*13 janvier*

*Aujourd'hui, ils ont frappé un grand coup. À la sortie des douches après le cours de sport, mes vêtements avaient disparu. Un classique. Je me suis retrouvé à poil dans le vestiaire des garçons. Fabrèze, le premier, a eu l'idée de m'asperger de shampooing. Il m'en a mis plein les yeux. En riant bruyamment, les autres ont suivi. Sur le visage et sur le sexe. En voulant me défendre, nu, avec les yeux qui me brûlaient, j'ai glissé lourdement sur le sol et je suis resté prostré.*

*Ils ont dû croire que je m'étais cassé quelque chose car quand le prof de gym est intervenu, ils s'étaient évanouis.*

*– Qu'est-ce que vous fabriquez, Lange ? il a dit.*

*Sa question était un sommet d'hypocrisie. Nous le savions tous les deux.*

*Mes vêtements étaient introuvables. Le prof m'a filé une tenue de sport oubliée là.*

*À la sortie des cours, alors que je m'attendais à subir leurs sarcasmes, personne.*

*14 janvier*

*La bonne blague des vestiaires n'est pas terminée. La scène a été filmée par un téléphone portable. Tout le monde en classe a reçu le film par SMS. Même moi. En le regardant, des larmes de honte me sont venues. Le pantin maigre et blanc, là, sur l'image, c'est moi !*

*Des filles ont refusé de regarder le film. L'une d'elles, Sarah, a même voulu le montrer au titulaire de la classe, Janvier, le prof de math. Je l'en ai dissuadée.*

*– Je n'ai pas envie que tout le lycée apprenne cette histoire, j'ai dit.*

*Elle a compris.*

*Moi je craignais surtout qu'Alexia visionne le film. Bizarrement, c'était un peu comme si je voulais la protéger… de moi !*

*15 janvier*

*Des sourires en coin partout dans les couloirs du lycée. Visiblement, le film est sorti du cadre de la classe.*

*Jusqu'à présent, ils ont épargné Alexia. Peut-être la craignent-ils ?*

*16 janvier*

*N. m'a filé des textes de Michaux. Un de ses livres s'intitule* Poteaux d'angle.

*Une phrase me parle particulièrement :*

Tu es contagieux à toi-même, souviens-t'en.

Ne laisse pas « toi » te gagner.

# 4

Cinq jours après l'accident, la veille de l'enterrement de Louis, nous avons été convoqués au commissariat de la rue Clemenceau pour faire le point sur l'enquête. Maman a déclaré qu'elle n'avait pas le courage d'y aller. Papa m'a demandé de l'accompagner.

– À deux, on est plus forts, il a dit.

Le commissaire Fernandez, un homme d'une cinquantaine d'années, nous a présenté ses condoléances et nous a laissé entendre, même s'il ne l'a pas reconnu vraiment, que l'enquête était au point mort. C'est ce que j'en ai déduit. Les flics poursuivaient leurs « investigations », c'était le terme utilisé par le commissaire, mais ils n'étaient nulle part.

Le policier avait pourtant des nouvelles à nous annoncer. Le 4 × 4 avait été retrouvé garé à l'autre bout de la ville, dans une ruelle peu fréquentée. Les voisins avaient été interrogés mais personne n'avait aperçu le conducteur du véhicule.

Le commissaire nous a expliqué que la procédure en cas de mort accidentelle et de délit de fuite était de prélever les éventuelles traces d'ADN dans la voiture. Ici, elles étaient différentes de celles du propriétaire de l'automobile et de sa famille mais ne figuraient pas au fichier central.

– Il semblerait que deux jeunes gens aient volé le 4 × 4 pour faire un tour en ville et qu'ils aient percuté votre fils probablement parce qu'ils n'étaient pas capables de maîtriser le véhicule, a déclaré Fernandez.

Mon père et moi, nous écoutions sans rien dire. Louis était mort. Nous l'avions perdu. Les circonstances de l'accident rendaient sa disparition plus absurde encore. Il était au mauvais endroit au mauvais moment. C'est probablement ça qu'on appelle la fatalité... Qu'ajouter de plus ?

Devant notre silence, Fernandez a précisé :

– Quand on pique une voiture et qu'on tue quelqu'un, on ne s'arrête pas pour faire un constat.

Le policier a ajouté que des gens percutés par des grosses voitures, il y en avait très souvent. Soudain, j'ai eu la désagréable impression qu'il refermait déjà le dossier de la mort de mon frère et que les coupables ne paieraient jamais pour leur crime. La mort de Louis, je ne pouvais rien faire d'autre que l'accepter, mais l'impunité des chauffards me rendait dingue. C'est le sentiment d'injustice qui m'a mise en colère et m'a fait réagir :

– Si je vous suis bien, vous ne retrouverez jamais le chauffard ! j'ai lâché à brûle-pourpoint. Votre enquête est terminée !

À ma gauche, j'ai senti que Papa n'approuvait pas la violence de mes propos. Il a eu un petit geste de la main. Gentil Papa qui n'aime pas faire des vagues et préfère rester dans le rang même quand on assassine son fils !

– Écoutez, mademoiselle, je comprends votre colère... Il est très difficile de retrouver des voleurs de voiture, qu'ils aient tué quelqu'un ou non... Mais il ne faut pas perdre espoir. Nous avons l'ADN des chauffards. Ils peuvent tomber pour une autre affaire... Il faut espérer !

Espérer quoi ? Qu'ils écrasent quelqu'un d'autre ? Cette fois, je n'ai rien dit. Je ne voulais pas choquer Papa qui faisait des efforts, je le sentais, pour ne pas s'affaler sur sa chaise et pleurer.

Quand nous sommes sortis du commissariat, le printemps avait envahi les rues. Papa et moi, nous avons marché sous le soleil. Puis nous nous sommes assis sur un banc dans un parc. Des enfants jouaient. Papa m'a serrée contre lui et il a pleuré très longtemps, par à-coups. Des passants nous ont regardés bizarrement. Il n'est pas bien vu de pleurer sur un banc dans un parc de nos jours.

Par respect pour le chagrin de mon père, je n'ai pas bronché, même si j'avais très envie de tous les insulter, ces cons !

Quand Papa a repris ses esprits, il m'a dit qu'il aimerait voir l'endroit où Louis avait eu son accident.

– Je pense que ta mère n'a pas la force d'y aller. Je n'ose même pas le lui demander. On pourrait s'y rendre ensemble ?

J'ai acquiescé.

L'avenue du Général-Mélan est une artère charmante dans un quartier de Lille où je n'avais jamais mis les pieds. Elle est plantée d'arbres, et des fleurs poussent devant les immeubles modernes et chic. Qui Louis était-il venu voir dans ce quartier si éloigné du lycée ? Un copain de classe ? Peu probable. Une fille ? Pourquoi pas ? J'imaginais qu'il devait être heureux s'il avait rendez-vous avec une jeune femme, lui qui se trouvait si transparent.

Avenue du Général-Mélan, il ne restait plus aucune trace de la mort de Louis. Les gens continuaient à vivre comme si aucun jeune homme n'avait perdu la vie devant le numéro 24.

Je me suis demandé si son sang avait coulé sur l'asphalte et si des passants lui étaient venus en aide. Avait-il prononcé un mot ? Non, d'après les flics, il était mort dans la seconde.

La vie continuait, douce pour les uns, insupportable pour nous.

Sur l'avenue du Général-Mélan, les voitures roulent à allure modérée parce qu'elle fait un coude un peu avant le numéro 24.

J'ai fait remarquer à Papa qu'il n'était pas évident de rouler à quatre-vingts kilomètres à l'heure sur cette artère. J'avais l'impression qu'à cette vitesse la voiture devait quitter la route bien avant, dans le virage. Les chauffards avaient dû accélérer au dernier moment.

Mon père m'a regardée comme si je voulais lui faire plus mal encore avec mes remarques sur la vitesse de la bagnole.

– Qu'est-ce que tu veux dire ? il m'a demandé d'une voix agacée.

– Rien.

Comme souvent, je ne pouvais pas lui parler librement et, pourtant, le lieu de l'accident m'avait mise mal à l'aise. Le virage était trop proche et trop serré. La rue ne permettait pas aux voitures de rouler vite ou alors elles rataient le tournant. Pourquoi les flics n'avaient-ils pas tenu compte de cette évidence ?

Cette réflexion est venue s'ajouter aux autres mystères : la porte de la chambre fermée à clef et le fameux RDV de l'agenda. J'avais la désagréable impression de ne pas tout comprendre.

Chez la fleuriste de l'avenue du Général-Mélan, Papa a acheté un bouquet de fleurs jaunes, la couleur préférée de Louis, et nous l'avons déposé à l'endroit où mon frère avait perdu la vie. Le geste de mon père m'a semblé dérisoire mais je n'ai fait aucune remarque. Chacun de nous panse ses plaies comme il le peut.

Quand nous sommes rentrés à la maison, Maman était assise à la même place.

Je la comprenais, ma mère. Quand votre fils meurt, pourquoi se lever ? Pour quoi faire ? Pour aller où ? Il était mort dans toutes les pièces de la maison et dans tous les recoins du monde. Pourquoi bouger ?

Beaucoup de monde est venu à l'enterrement. Je me suis dit que la plupart des gens qui avaient envahi l'église n'étaient pas seulement là pour Louis mais à cause de sa jeunesse et des circonstances de sa disparition. Les morts violentes attirent la foule.

Toute notre famille proche et éloignée était présente, ainsi que des amis de mes parents, des copines à moi, des représentants du lycée, proviseur en tête, des profs et les élèves de la classe de Louis. Baudy, le professeur de français, ne parvenait pas à retenir ses larmes. Il était anéanti. Il a tenté de me dire quelque chose sur le talent de mon frère mais l'émotion rendait ses propos incohérents. Derrière lui, des gens s'impatientaient. Baudy m'a serrée dans ses bras et puis il a disparu avec son chagrin.

Maman n'a rien dit mais je pense que la présence d'autant de gens lui a fait plaisir. Pour elle, cela renforçait l'idée que Louis avait une vie sociale riche et était entouré d'amis proches. Je ne partageais pas son point de vue. Parmi les jeunes du lycée venus à l'église et au cimetière, j'en connaissais peu. Aucun de ses soi-disant copains de classe n'était jamais entré chez nous et, a fortiori, dans la chambre de mon frère. Ils avaient voulu lui rendre hommage, très bien, mais aucun d'eux n'était un ami de Louis.

Le seul à qui j'ai adressé la parole s'appelait Quentin. En fait, il était ma première histoire d'amour véritable. Un type sympa, à part qu'il préférait fumer des joints que m'embrasser. D'ailleurs, notre histoire n'avait pas duré : nous étions sortis ensemble quelques semaines au début de l'année.

Même s'ils étaient dans la même classe, Louis ne m'avait que très rarement parlé de Quentin. De son côté, celui-ci faisait comme si Louis était un type sans histoires, ce qui était faux. Il ne pouvait pas ignorer que Louis était depuis trois ans la cible de ses camarades de classe. « Camarades »... le mot ne convient pas. D'ailleurs, qui pouvait ignorer que Louis était une victime ? Je me souviens que le premier jour où je l'ai rejoint au lycée, dans la classe juste en dessous de la sienne, un garçon lui a versé une bouteille d'eau dans le cou. Le réflexe de Louis a été de regarder aussitôt dans ma direction. Il espérait que je n'avais rien vu mais moi, justement, je n'avais d'yeux que pour lui, mon grand frère. J'avais tout vu et tout compris. L'élève qui avait aspergé Louis est venu au cimetière. Ses copains également. Ils étaient trois. Ils affichaient une tête de circonstance en me présentant leurs condoléances.

Je me souviens qu'à l'époque où ils tourmentaient Louis, j'avais été les voir en cachette de mon frère pour leur demander de cesser de l'humilier. Ils m'avaient répondu que c'était pour rire. Pour rire ! Je n'avais rien trouvé à leur répondre.

À l'enterrement de mon frère, j'ai refusé de leur serrer la main. Ils sont restés un peu cons devant moi avec leur main tendue.

Ça n'a pas duré. Mes parents se sont empressés de les serrer, leurs mains.

Plus tard dans la journée, des copains m'ont dit que j'avais été trop dure avec ces types. C'est vrai que, ces derniers mois, les choses s'étaient arrangées. Mon frère avait apparemment trouvé sa place au lycée. Des élèves venaient lui parler et lui taper sur l'épaule. Il n'était plus la cible des moqueries. N'empêche... je n'avais aucune envie de faire un geste vers eux.

Quand Papa ou Maman lui faisait remarquer qu'au lycée l'ambiance semblait meilleure, Louis répondait qu'en effet il avait fait son trou. J'ai toujours trouvé cette image bizarre : faire son trou. Et là, à l'enterrement de mon frère, cette phrase prenait un sens tragique.

Papa, Maman et moi avons reçu nos proches à la maison. Les sœurs de ma mère avaient pris en charge l'organisation d'un buffet et je dois reconnaître que voir du monde m'a fait du bien. Des cousins m'ont même fait rire. En fin d'après-midi, les larmes sont revenues avec les embrassades. Chacun nous a serrés dans ses bras et nous a assurés de son soutien. Le soir, quand tout le monde s'est évanoui dans la nature, nous nous sommes sentis plus seuls que jamais.

Les jours suivants, à part quelques coups de téléphone, personne n'est venu sonner à notre porte. Je me suis mise à pester contre les gens qui pleurent aux enterrements mais qui perdent la mémoire aussitôt après. Je trouvais que Maman et Papa méritaient mieux. Louis aussi.

*21 janvier*

*J'ai parlé à N. de mes problèmes au lycée. Évidemment, il est particulièrement bien placé pour me comprendre. Pendant quelques minutes, je me suis même senti mal à l'aise. Pourquoi me confier à lui ? Mes soucis sont mineurs à côté des siens. Il s'est rendu compte de ma gêne et m'a assuré qu'on passe tous par des moments où l'on a l'impression d'être de la merde. Même quand on est plus âgé. Il a songé à un texte de Pessoa qu'il s'est mis à chercher dans sa bibliothèque.*

*N. a installé un système de rails qui lui permettent de se déplacer très rapidement devant les rayonnages. Il peut même hausser son fauteuil au moyen d'un levier.*

*Après quelques minutes de fouille, il avait le volume en main. Il m'a lu le début d'un texte qui s'intitule « Bureau de tabac » :*

Je ne suis rien.
Je ne serai jamais rien.
Je ne peux vouloir être rien.
Cela dit, je porte en moi tous les rêves du monde.

*Je lui ai montré mes textes. On en a parlé longuement. Quand je suis sorti de chez lui, j'étais regonflé à bloc.*

# 5

Les mois ont passé. J'ignore comment nous avons survécu. Ma mère s'enfilait toujours des antidépresseurs pour se maintenir à flot. Papa avait repris son poste de gérant du magasin de luminaires où il travaillait depuis toujours. Il bossait plus dur pour ne pas sombrer lui aussi. Je me rendais compte que rentrer à la maison était pour lui un véritable calvaire. Il serait bien resté au magasin à attendre le client jour et nuit. Son boulot lui occupait un peu l'esprit. Il revenait pour sa femme et sa fille, mais il aurait préféré voyager dans l'espace plutôt que retourner dans cette maison familiale où son fils manquerait à jamais. Les repas étaient silencieux et interminables. Papa et moi, nous cherchions vainement quelque chose à dire, Maman dressait presque invariablement la table pour quatre. Un dimanche midi, elle a même appelé Louis pour qu'il descende déjeuner. Nous l'avons regardée, atterrés. Ça l'a ramenée à la réalité. Elle s'est mise à pleurer doucement en retirant l'assiette de mon frère.

Je me suis dit qu'elle était en train de devenir folle de chagrin.

En septembre, je suis retournée au lycée, dans la classe terminale où mon frère défunt avait vécu sa dernière année.

Une semaine après la reprise, j'ai demandé à mes parents si je pouvais utiliser les notes de Louis.

Personne n'était plus entré dans la chambre de mon frère depuis que j'avais découvert après sa mort qu'il l'avait verrouillée. Même la femme de ménage n'avait pas le droit d'y pénétrer. Aux yeux de mes parents, la chambre de Louis était un territoire sacré.

Maman m'a donné son accord sans enthousiasme. Papa a répondu très froidement : « Bonne idée ! » Je comprenais que mes parents auraient préféré fermer pour toujours la porte de la chambre de leur fils. Remuer le passé ne leur apportait rien de bon, c'était comme jeter du sel sur leurs blessures. En même temps, ils devaient se rendre compte que moi, j'étais vivante et que mon existence se poursuivait après la mort de Louis. Je ressemblais à un petit caillou dans leurs chaussures de deuil. Non seulement ils avaient perdu leur fils mais ils ne pouvaient pas sombrer vraiment dans le désespoir parce que leur fille avait besoin d'eux.

C'est un après-midi, après les cours, Papa travaillait, Maman dormait, que j'ai décidé de franchir le seuil de la chambre de Louis. Depuis mon dernier passage, la clef était restée sur la porte.

À l'intérieur, rien n'avait changé. Seule la poussière avait envahi les lieux et une odeur de renfermé stagnait dans l'air. J'ai tiré les rideaux et ouvert la fenêtre. La lumière du jour a éclairé la chambre, et l'absence de mon frère m'a serré le cœur.

Le sac à dos était toujours au pied du bureau. J'ai décidé de commencer par là. Peut-être y trouverais-je des notes de cours ? En terminale, j'avais hérité de la plupart des professeurs de Louis.

La première poche du sac était vide. C'était là qu'il rangeait ses clefs et ses papiers. La seconde contenait son téléphone portable. Évidemment, la batterie était morte elle aussi. L'écran était noir. Sur le bureau, j'ai trouvé un chargeur. Après quelques secondes, le téléphone s'est mis à réagir. Un petit signal s'est fait entendre et puis d'autres, beaucoup plus forts. Mon frère recevait des messages *post mortem*. Des SMS. Aucun message vocal.

Je me suis dit que j'avais le droit de les lire. Après tout, il s'agissait peut-être d'un ami de mon frère qui ignorait qu'il était décédé. L'écran affichait vingt-deux SMS. Ils étaient tous datés du jour de sa mort. Seules les heures variaient. 19 h 36, 20 h 08, 20 h 11 et 20 h 34 pour les premiers. Le dernier avait été envoyé à une heure du matin. Je me suis fait la réflexion que Louis était déjà mort au moment où les messages étaient arrivés sur son portable. Le nom des expéditeurs ne s'affichait pas. Je veux dire que Louis ne les avait pas enregistrés dans son répertoire. Il ne devait pas s'agir d'amis. On pouvait lire en revanche les numéros de téléphone.

Le premier message disait : *Dem, 10 h 30 20.*

Incompréhensible.

Sur le second texto était écrit : *h. 15. Récré du mat.* Sur le troisième : *s 40 mat.* Les suivants étaient du même genre. Le dernier disait : *20 Midi.* Les vingt-deux messages étaient à peu de chose près identiques.

*Dem* devait probablement vouloir dire demain. *s* ne signifiait rien à mes yeux. Le *h* isolé non plus. 10 h 30, au lycée, c'est l'heure de la pause. Plusieurs messages faisaient également référence à la récré du matin. Pourquoi des types auraient-ils donné rendez-vous à mon frère par texto alors qu'à la récréation il leur suffisait de lui taper sur l'épaule ? Et à quoi les chiffres 15, 20 et 40 correspondaient-ils ?

Un instant, l'idée m'est venue d'appeler ces gens. Mais pour leur demander quoi ? « Que veut dire 20 dans ton SMS daté du jour de la mort de mon frère ? » C'était ridicule.

Je n'avais plus la tête à étudier. Ces messages étranges me perturbaient. Un seul, j'aurais pu comprendre, mais vingt-deux du même genre, cela faisait penser à un système. J'avais l'impression d'avoir mis le doigt dans quelque chose de sordide. Et le malaise que j'avais ressenti sur les lieux de la mort de Louis s'est de nouveau emparé de moi.

J'ai éteint le portable, fermé la fenêtre et je suis sortie. Toute la soirée, j'ai ressenti comme une espèce de nausée. Un mélange de culpabilité, j'avais fouillé dans les affaires de mon frère, et de curiosité face à des faits que je ne comprenais pas.

*27 janvier*

*Vanessa, une fille de terminale, vient de m'inviter à une fête chez elle. Une première. Je me demande si elle me l'a proposé par pitié. Je sais qu'elle a été scandalisée par la séquence des vestiaires. Elle ne me l'a pas dit en direct mais je l'ai entendue en parler à ses potes. De la pitié ou du remords. Elle doit se sentir coupable (l'est-elle ?) et veut rattraper le coup en m'invitant.*

*Ma sœur estime que cette invitation est géniale. Elle pense que les autres sont en train de découvrir qui je suis vraiment. Elle se trompe. De la pitié, tout au plus.*

*6 février*

*Ce soir, je me rendrai à la fête de Vanessa avec une certaine appréhension. Les autres y seront aussi, même si je pense qu'elle les a briefés sur la manière de se comporter avec moi. Vanessa ne veut certainement pas que sa fête parte en vrille.*

*C'est bizarre. Mes parents sont fiers de moi. Ils pensent sincèrement que je suis sorti du tunnel.*

*21 heures. J'hésite à y aller. Mon père vient de me dire : « Tu es encore là ? »*

*7 février*

*4 heures du mat'.*

*La fête s'est super bien passée. Beaucoup mieux que j'aurais pu l'espérer. On a fumé des pétards au fond du jardin. J'étais le seul à avoir apporté du shit. Les joints ont tourné toute la soirée. J'avais l'impression d'être au centre du groupe car c'est moi qui roulais les pétards. Même Mexin a dû reconnaître que c'était de la super bonne. Des filles se sont jointes à nous.*

*– Lange roule des pétards d'enfer, a dit Fabrèze à Vanessa.*

*On s'est tous embrassés en se quittant.*

*Je ne parviens pas à trouver le sommeil. Je suis surexcité.*

*J'écris quelques vers.*

# 6

Ça faisait trois jours que j'avais lu les messages sur le portable de Louis et je n'avais pas cessé d'y penser.

Je n'osais en parler à personne.

Le samedi soir, toute la classe et d'autres élèves du lycée, nous avons été invités à l'anniversaire de Noémie Grandin, dont les parents sont blindés de tunes. Noémie n'est pas véritablement une copine mais, après la mort de Louis, j'ai apprécié qu'elle m'ait appelée plusieurs fois.

Une big fête s'annonçait dans leur immense villa. C'était la première fois que je sortais depuis que j'avais perdu mon frère.

Chez moi, la maison était toujours en deuil et mes parents recroquevillés au salon, c'est pourquoi j'ai préféré leur annoncer que j'allais dormir chez Gloria, une amie. Je ne voulais pas leur imposer mes préparatifs de la fête et mon retour à deux heures du matin.

Chez Gloria, on a pris du bon temps à se maquiller et à s'habiller. Depuis longtemps, je n'avais plus ressenti combien la vie pouvait être douce et plaisante.

Quand, très excitées, nous sommes arrivées à l'anniversaire, la fête battait son plein. Avant de laisser la maison à sa fille, le père de Noémie nous avait fait sa spécialité : du punch. Ça se buvait comme du jus de fruits... J'ignore s'il s'était trompé dans les proportions ou si je manquais d'habitude mais, après un verre, j'avais l'impression que le sol n'était plus stable. Gloria devait être dans le même état que moi, parce qu'elle s'est mise à rire bêtement à tout ce que je disais.

La fête a été très réussie. Tout le monde était là. J'ai fait la bise à Quentin, le garçon avec qui j'étais sortie au début de l'année précédente et qui était venu à l'enterrement. Cette année, en terminale, on s'était retrouvés dans la même classe parce qu'il avait foiré ses examens.

Je l'aimais bien, Quentin. Je me souviens parfaitement des raisons pour lesquelles je l'avais quitté même si, à l'époque, j'étais très amoureuse de lui : ses week-ends se résumaient à regarder la télé en fumant des joints. Je me rappelle le dernier soir où j'avais rendez-vous avec lui. Ses parents étaient partis à la campagne. Quand j'avais sonné à sa porte, il avait déjà roulé des joints pour la nuit, rempli le frigo de bières et prévu la programmation de DVD piratés. Moi, j'attendais autre chose. Un peu d'affection, des gestes tendres et plus si affinités. Quand je suis arrivée, ses yeux ressemblaient à des balles de ping-pong. Quentin avait le sourire un peu niais de celui qui a tout compris à la marche du monde. Il avait déjà pas mal fumé. Il planait bien haut au-dessus de moi. On s'est embrassés, j'ai tiré deux fois sur un joint et j'ai quitté les lieux quand j'ai compris comment il avait organisé la soirée. Je ne suis pas certaine qu'il ait remarqué ma disparition tout de suite.

Le lundi, on s'est salués froidement dans les couloirs du lycée. On n'a pas échangé un mot jusqu'à cette rentrée scolaire où j'ai eu la surprise de le retrouver dans ma classe.

Le soir de la fête, il a paru content de me voir.

– J'espère que tu te remets de la mort de Louis, il a dit.

Je lui ai répondu que j'étais heureuse de me changer les idées.

Il m'a souhaité de bien m'éclater et a rejoint ses copains qui fumaient des joints dans le jardin.

La programmation musicale était efficace. On a dansé pendant des heures, le plus souvent entre filles. Les garçons buvaient comme des cosaques, certains étaient déjà ivres à minuit.

La rumeur a couru que des gens avaient apporté du crack et de la coke, et qu'on pouvait en prendre à l'étage.

Des curieux sont montés voir si c'était vrai. D'autres, comme Gloria et moi, ont continué à danser.

Noémie est revenue vers nous. Elle nous a raconté que, pour son anniversaire, elle venait de sniffer une ligne de coke.

– Vous devriez essayer, les filles ! J'ai l'impression d'avoir des super-pouvoirs !

Elle ne pouvait plus s'arrêter de parler. Elle est passée de groupe en groupe comme une mouche stressée. Ce n'était pas la première fois que Noémie se faisait une ligne. Les muqueuses de ses narines la trahissaient. Certains jours, elles étaient tellement brûlées par la coke qu'elle ne sentait plus la morve lui couler des narines. Nous, les bonnes copines, on lui filait un mouchoir.

Elle était rayonnante, Noémie, mais nous savions que tout à l'heure, en pleine descente, elle se mettrait à pleurer comme un veau. Laura, Gloria, moi et quelques autres filles, on s'est contentées de boire un coup.

Soudain, l'histoire des SMS m'est revenue en mémoire. Quentin devait forcément en savoir plus. Il connaissait mon frère et peut-être le secret des récréations du matin.

Les quelques verres de punch m'avaient complètement désinhibée, si bien que je me suis mise à la recherche de Quentin et, lorsque je l'ai aperçu, je suis allée droit vers lui.

Il était en train de fumer un joint avec des potes sur la terrasse en regardant danser les filles à travers la baie vitrée.

– Tu veux ? il a demandé en me montrant son joint.

J'ai tiré mollement sur le mégot. Le punch m'avait déjà mise dans un état second. Je craignais que le shit me file la nausée.

Je regardais mon ex, entouré par ses amis. Le parfum un peu âcre du shit flottait autour d'eux. Ils parlaient peu.

Au centre du groupe, Quentin était le plus craquant. Il paraissait toujours détaché de tout. Rien n'avait trop d'importance à ses yeux et cette distance avec le monde le rendait très séduisant. Il ne faisait pas grand-chose en cours et c'est la raison pour laquelle il avait raté son bac.

– Tu étais dans l'année de mon frère ? je lui ai demandé soudainement.

– Tu le sais bien, Alexia ! il a rigolé. Tu serais plus pétée que moi ? Ce serait une première...

Il ne m'avait pas vue venir, le pauvre. J'ai enchaîné en lui demandant ce qui se passait aux récréations de dix heures trente. Il est devenu tout pâle. Sa bouche s'est ouverte plusieurs fois, comme s'il allait répondre, mais rien n'est sorti.

Dès qu'ils ont entendu la question, les amis de Quentin se sont discrètement éloignés et sont rentrés dans la maison sans un mot et surtout sans me jeter un regard. J'avais l'impression qu'ils savaient tous quelque chose.

Quentin aurait bien voulu les suivre mais je me tenais en face de lui. Il n'osait pas me planter là et il savait que je n'allais pas le lâcher. Il paraissait embarrassé. Jamais je ne l'avais vu si désarmé.

Il a fini par dire :

– Alors, tu es au courant ?

– Eh bien non, je ne suis pas au courant, mais tu vas m'expliquer. J'ai découvert des messages bizarres sur le portable de Louis et je n'y comprends rien !

En quelques secondes, l'effet du punch pour moi et des joints pour lui s'était dissipé. Quentin s'est rendu compte qu'il en avait trop dit.

– Alors ?

– Alors, Louis passait ses récréations près des toilettes des garçons.

– Il n'y a rien d'exceptionnel à aller aux toilettes pendant les récrés !

Quentin a fait non de la tête :

– Tu n'y es pas ! Il passait aux toilettes tout le quart d'heure que durait la pause. Précisément dans les dernières, celles qui ferment à clef.

Je ne comprenais toujours rien.

– Il y faisait quoi ?

– Tu es aveugle ou quoi, Alexia ? a répondu Quentin en faisant un pas de côté pour s'écarter de moi.

Je l'ai agrippé par le bras :

– Il y faisait quoi ?

– Ce n'est pas à moi de te le dire, Alexia.

Et il est parti rejoindre le groupe de copains qui l'avaient abandonné quelques secondes plus tôt. Je les ai regardés parler de moi à travers la baie vitrée en me jetant des regards amusés et des sourires en coin. Je n'ai pas apprécié.

La colère m'a envahie d'un coup. Je suis rentrée dans la maison et je me suis plantée devant les garçons.

– Est-ce que l'un de vous aura le courage de me dire ce qui se passait pendant les récréations? j'ai crié.

À cause de la musique, on ne comprenait pas vraiment ce que je disais mais j'étais hors de moi et cela devait se voir parce que tout le monde s'est arrêté de danser et m'a regardée comme si j'étais folle.

Quentin et les autres étaient déjà en train de s'évanouir dans la foule. J'ai attrapé le bras de l'un d'eux et je lui ai hurlé à l'oreille :

– Vous allez me dire ce qui se passait pendant les récrés?

Le type s'est dégagé d'un seul coup.

– Bande de lâches! Petits connards!

Gloria et Noémie se sont approchées de moi. Gloria parce qu'elle est mon amie, Noémie parce qu'elle craignait que je lui pourrisse sa fête.

Gloria m'a prise dans ses bras et, soudain, une énorme tristesse s'est emparée de moi. Je me suis mise à pleurer à gros bouillons et en hoquetant comme une petite fille. Je ne pouvais plus m'arrêter. La plupart des gens ont dû penser que j'étais ivre ou défoncée parce qu'ils se sont remis à faire la fête comme si rien ne s'était passé.

On est sorties sur le pas de la porte et on s'est assises, Gloria et moi.

Elle m'a passé un mouchoir.

– C'est le souvenir de ton frère qui t'a mise dans cet état ?

– Oui et non. On me cache quelque chose à son propos et ça m'exaspère.

– On te cache quoi ?

– Je l'ignore mais je trouverai.

On est restées silencieuses à observer la nuit.

Je n'avais plus le cœur à m'amuser. J'avais envie de rentrer à la maison.

– Attends-moi ! Je viens avec toi, a proposé généreusement Gloria.

Je lui ai répondu que je préférais être seule.

J'ai marché dans la nuit vers la maison familiale. Il faisait froid. Le ciel était plein d'étoiles. Deux types m'ont observée en souriant. J'en ai déduit que mon maquillage avait dégouliné. Je m'en fichais complètement. J'avais perdu mon frère et rien d'autre n'avait d'importance. Je rentrais à la maison retrouver mes parents blessés et meurtris. Ils étaient les seuls à ressentir mon chagrin.

À deux heures du matin, Maman était assise dans le canapé. Elle regardait des émissions débiles.

– Tu es rentrée, finalement ?

– Oui.

Elle n'a fait aucune remarque à propos des traces de maquillage sur mon visage et ne m'a pas demandé pourquoi j'avais modifié mes plans. Elle était au-delà des changements de programme et des petits problèmes de rimmel.

Je me suis assise à côté d'elle et j'ai passé un bras autour de ses épaules. Elle s'est laissée aller contre moi, doucement.

Je crois même qu'elle s'est endormie.

*18 février*

*Ce matin, Fabrèze m'a proposé de m'acheter du shit. Depuis la soirée chez Vanessa, nos relations se sont améliorées mais je ne m'attendais pas à ce qu'il en arrive à me demander un service.*

*Il m'a expliqué que son dealer était cher et la marchandise pas toujours bonne.*

*J'ai failli l'envoyer chez N. mais je sais que mon ami n'aime pas entrer en contact avec trop d'acheteurs. Il dit toujours que ça multiplie les problèmes. Il préfère travailler avec quelques gars de confiance. De plus, je veux protéger cet espace secret de ma vie. Mettre Fabrèze en contact avec N., ce serait un peu comme lui permettre de pénétrer dans mon intimité. Il pourrait découvrir que j'écris des textes. Qui sait quelle idée pourrait germer dans son cerveau de malade? Je me méfie de ce gars même si, depuis la soirée chez Vanessa, lui et les autres me fichent la paix. J'ai l'impression d'avoir trouvé une place dans le groupe, et cette tranquillité, je veux absolument la conserver.*

*J'ai eu peur qu'en refusant sa proposition je récupère mon ancien statut de souffre-douleur.*

*Grande gueule, j'ai répondu par l'affirmative :*

*– Combien ?*

*– 500 euros, a été la réponse.*

*Là, j'ai vraiment eu l'impression qu'un mur de briques me tombait sur la tête.*

*Il a vu que j'encaissais mal le montant. Il m'a demandé si c'était trop et j'ai senti de la raillerie dans sa voix. Il était certain que j'allais me dégonfler. Le spectre des humiliations que j'avais subies est passé devant mes yeux et j'ai fini par accepter. C'était probablement une erreur.*

*J'ai à peine eu le temps de dire oui qu'il me demandait déjà quand je pourrais lui filer la marchandise.*

*C'est la grande force de ce genre de gars. Il ne vous laisse pas le temps de vous retourner. Ni de réfléchir.*

*À ses yeux, je n'étais pas un élève de sa classe mais une solution à un problème. Combien ? Quand ? Il m'a pris à la gorge et il n'est pas près de desserrer son étreinte.*

*J'ai répondu « lundi », comme un con. Ça me laisse seulement le week-end. Il m'a jaugé du regard et puis il a dit :*

*– Je compte sur toi ! Il me faut 10 packs de 50 euros chacun ! C'est pour des potes !*

*J'aurais dû lui dire que c'était pas possible. Au lieu de ça, je lui ai promis qu'il aurait tout après le week-end, avec l'assurance d'un vieux dealer. Quel imbécile !*

*Pleine lune*
*Veille sur moi,*
*Bon gros fantôme*
*Avec ton masque de clown blanc*
*Car je suis aussi grotesque que toi*
*Con comme un vieux mélodrame.*

# 7

J'ai passé le week-end à me remémorer les paroles de Quentin. Que fabriquait Louis pendant les récréations ?

La clef inconnue sur le trousseau de mon frère ouvrait-elle les derniers W.-C. ? Il fallait absolument que je sache !

Le lundi matin, j'ai emporté le trousseau de clefs de Louis avec moi en cours. Vers onze heures, j'ai prétexté un malaise.

La prof d'histoire, persuadée qu'il s'agissait d'un problème typiquement féminin, m'a permis de sortir.

J'ai filé directement vers les toilettes des garçons. J'entendais jusque dans le couloir les voix des profs qui donnaient leurs cours. Par chance, je n'ai rencontré personne.

Les toilettes étaient désertes. Elles étaient particulièrement malpropres. Toutes les portes étaient dotées d'un verrou, sauf la dernière, plus ancienne, qui comportait une serrure. Ces W.-C. avaient été construits un peu à l'écart des autres. Je me suis dit qu'il s'agissait des anciennes toilettes des professeurs, pour lesquelles il fallait une clef.

Je savais que, depuis plusieurs années déjà, les profs utilisaient des W.-C. plus modernes dans une autre aile du bâtiment.

J'ai sorti le trousseau et j'ai introduit très facilement la clef inconnue dans la serrure. En revanche, elle ne tournait pas. J'ai eu l'idée de tirer le battant vers moi et la porte s'est ouverte comme par magie. L'endroit était crasseux. La cuvette était bouchée. La chasse d'eau avait au moins cent ans et ne devait plus être en état de fonctionner.

Je n'ai rien découvert d'anormal. Pas de traces de mon frère. Que venait-il faire ici pendant les récréations ?

Soudain, des pas ont résonné dans le couloir. Quelqu'un venait. J'avais toujours la clef en main. Sans réfléchir, j'ai fermé la porte et je suis montée sur la lunette. On ne pouvait pas me voir. Seul un type avec la clef aurait pu tenter d'ouvrir la porte. J'ai attendu.

Le garçon, qui avait probablement demandé à sortir de cours, s'est mis à uriner en sifflotant.

Je l'ai entendu se laver les mains et puis il est sorti. Je suis restée dans la même position quelques secondes. Je craignais trop de me retrouver nez à nez avec des garçons qui auraient des problèmes de vessie.

C'est au moment où j'allais descendre de la lunette, en m'agrippant à la vieille chasse d'eau, que j'ai compris ce que mon frère venait faire là les jours de classe.

Au-dessus de la chasse d'eau, des barrettes en papier aluminium et des sachets en plastique étaient posés de manière très ordonnée. À gauche, les petites barres, au centre les grandes, à droite les sachets en plastique qui contenaient probablement de la coke et au fond de l'herbe soigneusement emballée. Sur la droite, des comprimés multicolores sous plastique. De l'ecstasy, probablement. Un vrai petit magasin. Les petits pacsons de shit, 15 euros. Les plus gros, 20, la coke, 25. Les abréviations des messages sur le téléphone de Louis me sont revenues en mémoire : *c* pour « coke », *s* pour « shit » et *h* pour « herbe ». Le puzzle s'emboîtait. Mon frère dealait dans son lycée. Un instant, j'ai pensé que c'était peut-être lui qui, peu avant sa mort, avait rangé ces paquets au-dessus de la chasse d'eau, mais j'ai vite changé d'avis : depuis le temps, ils auraient été recouverts de poussière.

Sous le coup de ma découverte, je suis restée plusieurs minutes debout, immobile comme une idiote sur la lunette de ces W.-C. pourris.

Je refusais de croire à l'évidence. Ce n'était pas possible. Pas lui ! Et pourquoi aurait-il fait ça ?

J'étais sur le point de refermer la porte quand une main m'a violemment saisie par l'épaule.

– Qu'est-ce que tu m'as piqué, petite salope ?

Un élève, un nouveau au lycée, un type d'une autre section, me maintenait solidement contre le battant de la porte. Il était bien plus grand et costaud que moi.

J'ai balbutié que je ne lui avais rien pris. Il m'a poussée violemment contre la porte.

– Pourquoi t'es ici ?

Je n'ai rien répondu. Il m'a frappée sur la joue droite. Je n'avais pas assez mal pour pleurer et pourtant des larmes d'humiliation me sont venues.

– Qu'est-ce que tu fiches ici ?

Il m'a repoussée à nouveau contre la porte. Plus fort cette fois. J'avais peur. J'aurais bien voulu lui répondre mais j'avais l'impression que c'était bien trop compliqué à expliquer... mon frère... sa mort...

Il m'a prise par le cou et m'a obligée à pénétrer dans les W.-C. J'ai pensé qu'il allait me violer et je me suis dit qu'il fallait que je crie, mais le type est monté sur la lunette et a vérifié si son stock de came était toujours en place. Pendant qu'il comptait ses pacsons, sa main continuait de serrer mon cou.

Il est redescendu à ma hauteur et a entrepris de me fouiller. Ses mains se sont posées sur ma taille et ont remonté sur mes seins.

– Écoute, je lui ai dit très calmement, je ne t'ai rien volé. Tu m'entends ?

Pour lui prouver ma bonne foi, j'ai retourné les poches de mon jean.

– Les chaussures ? il a demandé.

J'ai retiré mes baskets et il a vérifié qu'elles étaient bien vides.

– La clef ?

J'ai compris qu'il voulait que je lui donne la clef. Mes mains tremblaient. Je ne suis pas parvenue tout de suite à faire coulisser l'anneau. Le type me l'a arraché des mains. En quelques secondes, la clef des derniers W.-C. des garçons ne se trouvait plus sur le trousseau de mon frère.

J'ai fait un pas vers la porte. Le type m'a rattrapée par les cheveux. Il m'a obligée à le regarder. Sa main s'est emparée à nouveau de mon cou et il a serré fort en poussant ma tête vers l'arrière. Je ne pouvais plus respirer. J'ai pensé qu'il allait me tuer là et je ne pouvais même pas crier. Une vague de froid est montée le long de mon échine.

À l'oreille, le garçon m'a dit très calmement :

– Ici, c'est mon territoire ! Tu n'y mets plus jamais les pieds !

J'ai acquiescé de la tête du mieux que j'ai pu. Il m'a lâchée et je me suis enfuie comme un animal sauvage échappe à son prédateur.

Dans les couloirs, j'ai mis du temps à retrouver mon souffle et mes mains tremblaient encore cinq minutes plus tard quand je me suis décidée à retourner en classe.

La prof d'histoire s'est rendu compte que je n'étais pas en grande forme.

– Mademoiselle Lange, vous allez bien ? Vous êtes tombée ? Vous avez un bleu sur la joue.

Je lui ai raconté un bobard énorme, que j'avais perdu conscience quelques secondes et que j'avais heurté un évier en tombant. La prof a conclu mon discours incohérent par un vibrant :

– Vous devriez rentrer chez vous ! Je crois que vous êtes en état de choc et c'est compréhensible.

Elle faisait allusion à la mort de Louis, qu'elle avait connu et qu'elle appréciait, je crois.

J'ai rassemblé mes affaires devant la classe qui restait muette et je suis sortie.

Il était presque midi quand je suis rentrée à la maison. Ça ne m'était plus arrivé depuis des années. Par chance, une des sœurs de Maman l'avait emmenée déjeuner.

– Pour te changer les idées, disait-elle.

Ma mère se laissait traîner dans des restaurants où elle ne mangeait presque rien et où, pendant deux heures, elle écoutait les conseils de sa sœur sur la manière de se remettre de la mort de son fils.

– Comme s'il existait une méthode, soupirait Maman, le soir, à table.

Sans perdre une seconde, j'ai foncé droit vers la chambre de Louis et, là, j'ai tout retourné. J'ai ouvert les tiroirs, fouillé les armoires et déplacé les meubles. Après une demi-heure de recherche, j'avais trouvé. Les baffles de sa guitare électrique étaient nases depuis pas mal de temps déjà. Il y avait une bonne raison à cela. Dans le baffle gauche, j'ai mis la main sur un pain de shit, un peu d'herbe, une balance et un couteau. Le matériel type du dealer. J'ai pensé que je découvrirais l'argent dans l'autre baffle, que j'ai démonté immédiatement. Il était vide. Peut-être avait-il placé ses gains sur un compte avant l'accident ?

Quelque chose venait de se briser au fond de moi. Ce frère que j'avais adoré faisait du trafic de came, comme n'importe quel escroc de bas étage.

*19 février*

*Ce matin, je me suis précipité chez N.*

*Je lui ai annoncé que j'en voulais pour 500. Il m'a regardé bizarrement. Il m'a demandé si je revendais à des types sérieux. Je l'ai rassuré en lui répétant que j'étais le seul à savoir qui me fournissait.*

*Avec un sourire en coin, il m'a fait remarquer que j'aurais besoin du kit du parfait dealer : un bon couteau et une balance précise.*

*Évidemment, comme à mon habitude, je n'y avais pas pensé.*

*Il m'a permis d'utiliser ses instruments. Pendant que je découpais le shit, il a déclaré que c'était un boulot bien moins glorieux que la boucherie. Il a mille fois raison. Personne ne découpe de la viande, caché dans un coin, à l'écart du monde et de la lumière.*

*– Tu sais que, si tu te fais prendre, on t'inculpera pour détention et vente de stupéfiants ? m'a demandé N.*

*Je n'ai rien répondu. Le jeu en vaut la chandelle.*

*Plus tard dans l'après-midi.*

*Achat d'une balance, d'un couteau, d'une paire de ciseaux et de plusieurs rouleaux de papier alu. Je suis paré.*

# 8

J'avais surpris quelquefois mon frère en train de fumer un joint. La première fois, c'était à l'extérieur d'une boîte dans laquelle j'étais sur le point d'entrer. Il était adossé à un mur à quelques mètres d'un groupe de garçons.

Louis avait été embarrassé de me voir. Il avait tenté de cacher son joint mais l'odeur du shit l'avait trahi.

Je ne lui avais fait aucune remarque. Je savais bien que fumer un pétard de temps à autre ne faisait pas de lui un drogué. Et puis il avait tant de mal avec les autres que je n'ai pas voulu lui en parler à ce moment-là. Les garçons se seraient mis à ricaner. Je craignais que Louis perde le peu de crédit qu'il avait auprès de ses copains.

Je savais aussi qu'il avait l'habitude de fumer sur la petite terrasse de sa chambre située à l'arrière de la maison. Il évitait ainsi de se faire surprendre par les parents.

Assise dans la chambre de Louis, je ne savais trop que faire de ma découverte.

Qu'il fume, ok, je comprenais, mais qu'il deale au lycée, cela ne concordait pas avec le Louis que je connaissais. Il se transformait tout à coup en malfrat.

Devais-je en parler aux parents ? Je me voyais mal ternir l'image qu'ils avaient de leur fils mort.

Il me semblait important de répondre d'abord aux questions que je me posais. Pourquoi Louis dealait-il ? Pourquoi au bahut ?

Nos parents n'étaient pas fabuleusement riches mais nous ne manquions de rien. Notre argent de poche suffisait largement à couvrir nos besoins et je ne me souvenais pas que mon frère se soit plaint de manquer de tunes. Notre père avait même parlé d'une petite moto comme cadeau si mon frère réussissait son année de terminale.

Ou alors il avait besoin de fric pour se payer sa propre drogue ? Ce portrait de Louis ne cadrait pas du tout. Fumeur de joints occasionnel, oui, drogué, non !

J'étais assise sur son lit et je regardais la chambre de mon frère complètement dévastée. Elle était à l'image de ma colère.

Avant d'en parler aux parents, il fallait que je comprenne ce qui était arrivé. J'ai pensé à Quentin. Il semblait savoir pas mal de choses. L'heure de la reprise des cours était passée depuis longtemps. Je décidai de l'attendre à la sortie.

En me voyant au bas de l'escalier qui mène au lycée, Quentin m'a fait un signe de la main. Visiblement, il ne m'en voulait pas trop de l'avoir insulté à l'anniversaire de Noémie, ou alors le shit lui avait lavé le cerveau.

– Tu te sens mieux ? il a demandé.

– Ça te dérange si je t'accompagne jusque chez toi ? je lui ai dit, comme si je n'avais pas entendu sa question.

– C'est un plaisir, Alexia, a fait Quentin avec un grand sourire derrière lequel je sentais pourtant poindre un peu d'inquiétude.

J'ai attendu que nous soyons éloignés du lycée pour lui dire que je savais tout au sujet de Louis.

– Comment ça, tout ? a répondu Quentin.

– La vente de drogue à la récré. Ça durait depuis longtemps ?

Il est resté silencieux. Je voyais bien qu'il réfléchissait aux informations qu'il pouvait me lâcher.

– Alors ?

– Ça a commencé l'année passée, en terminale, un peu avant les vacances de février.

– Tu étais au courant depuis le début ?

Quentin n'a pas répondu tout de suite. Il m'a d'abord demandé ce que je comptais faire de ces informations.

– Avec cette histoire, Alexia, je pourrais me faire virer du lycée. Et pas mal d'autres élèves sont dans mon cas. Moi, j'achetais seulement un peu de shit à ton frangin pour ma consommation personnelle. C'est tout. Je te jure que je n'ai jamais dealé.

Il paraissait vraiment inquiet.

– Je veux juste comprendre pourquoi mon frère faisait ça. Et comment c'est arrivé. Il n'a pas décidé tout seul un beau jour de monter son petit business. Quelqu'un a dû forcément le mettre sur le coup.

Quentin a fait une moue qui traduisait son ignorance.

– Je n'étais qu'un des nombreux clients de Louis. Je sais seulement qu'il y a deux ans un autre élève dealait déjà et qu'il utilisait également les vieilles toilettes pourries des profs.

– Son nom ?

– Samuel Vasseur. Après sa terminale, il a disparu dans la nature. Il est probablement à la fac aujourd'hui. Je crois qu'il voulait faire médecine. Enfin, bref, il fallait quelqu'un pour le remplacer. J'ignore qui a proposé ce business à Louis.

– Le trafic a donc commencé avant mon frangin ?

Quentin a approuvé :

– Évidemment ! Bien avant. Ça doit faire cinq ans et peut-être plus ! Chaque année, ils trouvent un type de terminale pour faire le boulot.

– Qui « ils » ?

– Je l'ignore, Alexia. Probablement des types en costard qui se font des tunes avec la came. Aujourd'hui, c'est un nouveau qui s'en occupe. Un type de la section commerciale, un costaud. Il s'appelle Redon mais on l'appelle le Bœuf.

Inconsciemment, j'ai passé la main sur mon cou. Son surnom lui allait comme un gant.

– Pourquoi mon frère a-t-il remplacé ce Vasseur ? C'est un boulot dangereux !

Quentin a écarté les bras pour signifier qu'il n'en savait rien.

– J'ignore qui a filé ce business juteux à ton frère mais souvent les gens dealent pour se payer leurs propres doses !

– Oui, mais Louis n'était pas tellement accro ! Il fumait quelques pétards mais pas de quoi avoir un énorme besoin d'argent.

Quentin a reconnu que Louis était un consommateur occasionnel. Il a ajouté :

– Un peu comme moi ! comme s'il voulait me convaincre qu'il n'était pas en permanence pété jusqu'aux yeux.

– Il faut que tu m'expliques le sens du mot « occasionnel », j'ai ricané.

– Les soirées trip, c'est fini, Alexia. J'ai beaucoup réduit depuis quelques mois. Si on se voyait plus souvent, tu t'apercevrais que j'ai pas mal changé ! Et puis, le shit, c'est pas plus méchant que le vin !

À travers ses paroles, j'avais l'impression qu'il voulait me faire passer un message.

Recommencer à se voir ?

J'avais autre chose à faire.

Il fallait absolument que je rencontre ce Samuel Vasseur. Je voulais savoir qui lui fournissait la came et s'il dealait seulement pour l'argent. Si je tombais sur un type qui aimait rouler en bagnole décapotable, tout était clair : le fric était son seul objectif. Je ne parvenais pas à croire que mon frère trafiquait seulement pour le pognon.

J'avais ma petite idée pour mettre la main sur l'adresse de Vasseur. Je suis retournée au lycée. Dans les couloirs, j'ai rencontré Baudy, le prof de français, qui s'est étonné de ne pas m'avoir vue au cours de l'après-midi. Je lui ai répondu que je ne m'étais pas sentie très bien.

– Je comprends, il a dit en baissant les yeux.

Comme tout le monde au lycée, il mettait tous mes problèmes sur le compte du chagrin causé par la mort de Louis.

J'ai trouvé la secrétaire dans son bureau. J'avais eu tout le temps de préparer un petit mensonge pour obtenir l'adresse de Samuel Vasseur.

– J'ignorais que tu voulais faire médecine ! s'est exclamée la secrétaire. Tes notes en sciences sont suffisamment bonnes ?

– Il faut que je travaille un peu plus pour y arriver. C'est la raison pour laquelle je voudrais prendre contact avec Samuel Vasseur... Avoir son avis sur les études de médecine... Jeter un œil sur ses cours à la fac... Vous comprenez ?

La secrétaire comprenait et trouvait même que c'était une excellente idée.

– Vasseur... c'était quelle année ?

– Il est sorti il y a deux ans.

– C'est juste !

Elle s'est emparée d'un classeur.

– Voyons... Vasseur ... Je te note son adresse et son numéro de téléphone ?

J'ai pris un bus pour me rendre chez Vasseur. Téléphoner m'a paru trop compliqué. Je me voyais mal expliquer au téléphone que mon frère était mort, qu'il dealait au lycée et avait succédé à un certain Vasseur... Pourvu qu'il ne soit pas en cours !

Il habitait dans un immense immeuble un peu à l'écart de la ville, dans un quartier pourri. Dans le hall d'entrée dont les murs étaient recouverts de milliers de tags, j'ai repéré la sonnette marquée « Vasseur » parmi des centaines de noms, mais je n'ai pas sonné. Expliquer ma démarche par l'entremise d'un interphone me paraissait impossible. J'ai préféré appuyer un peu partout. Des voix ont demandé : « C'est qui ? » ou « Oui ? » J'ai répondu : « C'est moi ! » et la porte d'entrée s'est ouverte comme par magie.

La famille Vasseur habitait au quatorzième étage. Visiblement, elle ne roulait pas sur l'or. L'ascenseur asthmatique n'en avait plus pour longtemps. Il m'a amenée en toussant devant l'appartement des Vasseur.

J'ai frappé. Une grande femme d'une quarantaine d'années m'a ouvert. Elle portait les cheveux trop longs, comme si elle avait décidé de ne plus jamais aller chez le coiffeur. Son visage était beau, même si d'immenses cernes creusaient ses yeux. La mère, probablement. Je lui ai dit que je voulais parler à Samuel.

Sous le coup de l'émotion, son visage s'est décomposé :

– Vous voulez parler à Samuel ? Mais, ma petite, il est mort il y a près d'un an, écrasé par une voiture !

*22 février*

*Comme toujours, je me suis montré inconscient. Je me suis amené en classe avec 500 euros de shit.*

*J'ai vu dans les yeux de Fabrèze et de ses potes qu'ils me prenaient pour un dingue et, après réflexion, ils n'avaient pas tort.*

*Quand je leur ai annoncé que tout se trouvait dans mon sac à dos, ils ont même eu un mouvement de recul qui m'a fait sourire. Asperger mon corps nu de shampooing, oui, ils pouvaient le faire. C'était sans risque. Dealer de la came au lycée les effrayait bien plus.*

*Fabrèze m'a fait comprendre que l'échange en classe était risqué. Il m'a parlé des anciennes toilettes des profs, celles qui ferment à clef.*

*Je lui ai fait remarquer qu'il avait pensé à tout. Il m'a avoué que ce n'était pas la première opération du genre. L'année passée déjà, un autre élève s'était occupé de vendre du shit. J'ai failli lui demander pourquoi il n'en vendait pas lui-même mais je n'ai pas osé : quand on vient d'être engagé, on la boucle.*

*18 mars*

*On me fiche toujours une paix royale au lycée et j'organise ma vie parallèle du mieux que je peux.*

*Petit à petit, je recommence à écrire. Pendant près d'un mois, je n'ai pas pondu une ligne. Être la cible des autres me donnait beaucoup d'inspiration. Je prenais du plaisir à me lamenter en vers. Il me faut du temps pour m'adapter à mon nouveau personnage. J'écoute Grand Corps Malade en écrivant. Putain, j'adore son slam.*

*J'essaie d'écrire un peu dans son style :*

*Laisser des principes en gage*

*Abandonner mon profil*

*Effacer mes traces*

*Perdre mes poursuivants dans leurs réflexions tortueuses*

*Et me laisser emporter par le vent frais*

*Qui souffle de l'autre côté de moi...*

*20 avril*

*Ouf ! Ça s'est joué à peu de chose. Des élèves ont dû balancer parce que, à la récré de ce matin, le proviseur et deux surveillants se sont pointés dans les toilettes des garçons. Heureusement que je les avais vus arriver ! Mes acheteurs se sont évanouis dans la nature. Les véritables utilisateurs des toilettes sont restés. J'ai juste eu le temps de jeter toute la marchandise dans la cuvette et de tirer la chasse d'eau. Quand je suis sorti des W.-C., ils étaient là. Ils ont coincé les élèves dans le petit local et ne les ont laissés sortir qu'après une fouille approfondie.*

*Par chance, tous les élèves étaient plus jeunes que moi et aucun d'eux ne faisait partie de ma clientèle. Par conséquent, ils ne pouvaient pas me trahir.*

*L'un d'eux a voulu savoir ce qui se passait. Personne ne lui a répondu. Le proviseur était nerveux.*

*Quand ça a été mon tour, un surveillant est entré dans mes toilettes et les a inspectées à fond. L'autre m'a ordonné de retourner mes poches. J'avais peur mais je suis resté le plus calme possible.*

*Le proviseur m'a demandé ce que je faisais dans des toilettes que plus personne n'utilisait depuis des années. Je lui ai répondu qu'au moment où j'étais arrivé sur les lieux, les autres W.-C. et les urinoirs étaient occupés, et que j'étais pressé.*

*Le proviseur m'a observé quelques secondes. J'ai bien vu qu'il se demandait si j'étais capable de dealer de la came dans le lycée ou peut-être d'en acheter.*

*Il n'ignorait pas que j'avais des problèmes relationnels et que j'étais la cible de quelques élèves. Bizarrement, ce qu'il savait de moi a joué en ma faveur. Il ne pouvait imaginer qu'un faire-valoir dans mon genre, un type que d'autres lycéens humiliaient quotidiennement, était capable d'organiser un trafic de drogue.*

*On nous a laissés rejoindre nos classes. En passant à côté d'Angeli, je lui ai dit que tout allait bien mais que les livraisons seraient suspendues pendant quelques jours.*

*Environ 250 euros de marchandise se sont évaporés dans les égouts. Ce n'est pas important. Dans cette histoire de deal, l'argent ne me motive pas.*

*Je songe au trip d'enfer que s'offrent les rats de la ville en ce moment même.*

# 9

Je ne voulais pas entrer dans l'appartement des Vasseur. Mon premier réflexe a été de m'excuser et de prendre congé de cette femme, mais elle a insisté pour que je reste un peu et je n'ai pas eu le courage de la planter là.

Elle m'a proposé de boire un thé et, pendant qu'elle s'activait à la cuisine, je suis restée assise au salon à regarder les dizaines de photographies de Samuel à tous les âges de sa courte vie.

Ce visage, je le reconnaissais pour l'avoir déjà croisé au lycée. Samuel Vasseur était de deux ans plus âgé que moi.

Sa mère est revenue avec un plateau sur lequel étaient posés une théière, deux bols et des biscuits.

Contrairement à Maman, elle paraissait heureuse de rencontrer quelqu'un qui avait connu son fils au lycée.

– Souvent, les gens autour de moi évitent de me parler de Samuel, m'a-t-elle dit. Ils préfèrent discuter de sujets légers. Je crois qu'ils ont peur de ma réaction. Ils craignent de se retrouver en face d'une femme en pleurs. Même mon mari refuse de prononcer son prénom. C'est trop douloureux. Il fond en larmes et va cacher sa tristesse à l'autre bout de l'appartement. Or Samuel est toujours vivant en moi. J'aimerais l'évoquer plus souvent. Vous saviez qu'il venait de commencer médecine avant son accident ?

– On me l'a dit.

J'ai pensé qu'il valait mieux que cette femme ignore que Louis était mort dans les mêmes circonstances. J'ai préféré lui servir le mensonge déjà utilisé avec la secrétaire :

– C'est précisément pour cette raison que j'étais venue voir Samuel... J'aimerais faire médecine moi aussi... Je pensais qu'il aurait pu me donner des conseils.

Presque immédiatement, j'ai regretté d'avoir menti à cette pauvre femme. Elle était si fière de son fils ! Elle m'a expliqué qu'il avait réussi brillamment ses examens de janvier en première année et qu'il venait de s'acheter une moto.

– Samuel était très courageux, vous savez. Le soir et le week-end, il travaillait dur dans un fast-food du centre-ville pour s'offrir sa moto. Le pauvre, il n'en a pas profité longtemps ! Il est mort quelques jours après avoir donné sa démission au fast-food.

– Ah bon ! Pourquoi il a arrêté de travailler au fast-food ?

– Un soir, il est revenu paniqué. Il était dans un état de stress terrible. Il m'a raconté que le fast-food avait été braqué par une bande armée. Samuel s'est retrouvé avec un pistolet sous le nez. Il m'a dit qu'il ne voulait plus jamais revivre une telle expérience. Il était traumatisé. Le lendemain, il m'a confié qu'il arrêtait le fast-food. Il se débrouillerait autrement. C'était trois jours avant son accident.

Le discours de cette femme était limpide si on remplaçait travail au fast-food par trafic de drogue.

Samuel avait amassé du fric pour sa moto et ses études, et il est mort après avoir décidé d'arrêter de vendre de la came.

Deux garçons, dealers dans leur lycée, écrasés par une bagnole. La coïncidence était troublante.

– La police a mené une enquête ?

– Oui. La voiture avait été volée. Ils ont conclu que les coupables étaient de petits voleurs incapables de contrôler leur engin.

Je connaissais la rengaine des flics. J'avais l'impression de les entendre.

– Ils n'ont pas pensé à un assassinat ?

Madame Vasseur m'a regardée sans comprendre. Elle avait la même expression que mon père quand je lui avais fait remarquer qu'il n'était pas évident d'atteindre les quatre-vingts kilomètres à l'heure, avenue du Général-Mélan. Un assassinat ! Qui aurait eu envie d'assassiner un garçon brillant et travailleur ?

– Pourquoi dites-vous cela ?

– Pour rien.

Je me suis levée pour prendre congé.

– Si vous connaissez quelqu'un qui serait intéressé par la moto, faites-moi signe, m'a dit madame Vasseur sur le pas de sa porte. Après la mort de Samuel, nous avons hésité à la vendre, mais aujourd'hui elle attend inutilement dans un box de l'immeuble. C'est une très grosse moto !

Avant d'embarquer dans l'ascenseur asthmatique, j'ai promis que j'en parlerais autour de moi.

*21 avril*

*N. n'était pas dans son état normal aujourd'hui, je l'ai remarqué tout de suite.*

*Quand je suis entré dans son appartement, il ne m'a pas salué. Il était assis comme toujours dans un fauteuil dans l'angle le plus sombre de la pièce. Il avait allumé moins de bougies.*

*– Il va y avoir du changement, Louis, il m'a annoncé.*

*Je comprenais à peine ce qu'il disait. Il avait beaucoup de mal à articuler.*

*Quand je me suis approché, j'ai compris qu'on l'avait passé à tabac. Son œil gauche était complètement fermé, la paupière était bleue, l'autre ne valait pas mieux et sa lèvre était gonflée, ce qui expliquait ses problèmes d'élocution.*

*– Tu as vu, Louis, j'ai les yeux bleus à présent !*

*– Qui t'a fait ça ?*

*– Ma vie privée ne regarde que moi, Louis !*

*N. ne perd jamais son sens de l'humour.*

*Il m'a dit qu'on avait un problème. Un énorme problème. Les gros bonnets à qui il achetait la marchandise considéraient que le lycée faisait partie de leur territoire.*

*Je n'ai pas réalisé tout de suite ce que ça changeait pour moi. N. m'a expliqué qu'ils allaient m'imposer tous leurs produits : du cannabis et de l'herbe mais aussi de la coke et des comprimés d'ecstasy.*

*Avec ma désinvolture habituelle, je lui ai répondu que je n'en ferais qu'à ma tête. La coke et le reste, je ne le vendrais pas, tout simplement. Que des drogues douces, j'ai dit.*

*Ses lèvres enflées n'ont même pas esquissé de sourire. Comme d'habitude, j'ai compris avec un temps de retard. Évidemment, c'était à cause de moi qu'il s'était fait casser la gueule.*

*Quand je lui ai posé la question, N. a préféré ne rien ajouter mais j'avais ma réponse.*

*Je lui ai présenté mes excuses pour les problèmes que je lui causais mais il n'a rien voulu entendre. Je lui ai demandé ce qu'il me conseillait de faire. Il m'a répondu que j'avais le choix : tout arrêter ou poursuivre comme je l'entendais. Il est trop clean, ce type.*

*Arrêter ? J'avais trop peur d'être à nouveau pris pour cible par Fabrèze et compagnie.*

*– Je continue comme je l'entends, a été ma réponse.*

*– Comme tu voudras, a dit N. en essayant de sourire à travers ses lèvres tuméfiées.*

*Au moment où je le quittais, il m'a annoncé qu'il resterait mon intermédiaire. C'était toujours chez lui que je viendrais chercher la marchandise.*

*Comme un con, j'ai conclu en disant que c'était tout bon puisque rien ne changeait.*

*22 avril*

*La vie a repris son cours. Aujourd'hui, j'ai vendu ma came dans les toilettes comme d'habitude. Personne ne m'a demandé autre chose que du shit. Je laisse couler.*

*23 avril*

*Un élève, un client régulier, m'a commandé de la coke par SMS. J'ai renvoyé un message pour lui dire que je n'en avais pas.*

*J'ai reçu* Dommage *en retour.*

*24 avril*

*J'ai reçu aujourd'hui un film sur mon téléphone portable. L'expéditeur est inconnu. On me voit clairement dealer du shit à la récréation. Un élève s'approche et me file de l'argent. Je disparais dans les toilettes quelques secondes et je lui mets quelque chose dans la main.*

*Deux heures plus tard, un second message disait que le film serait visible sur le Net si je continuais à faire le malin.*

*Cette nuit, la page sur laquelle je comptais tracer des lignes poétiques est restée blanche. Ils se sont introduits dans ma tête.*

*25 avril*

*Le même type que la dernière fois est venu à la récré. Je lui ai vendu deux grammes de coke. J'ignore comment je vais m'en sortir.*

*Je ne parviens plus à écrire.*

*4 mai*

*Fabrèze organise une fête. Il m'a averti qu'il comptait sur moi pour assurer au niveau marchandise et qu'il voulait de la coke. Je lui ai répondu que je n'étais pas libre, que j'avais déjà un truc.*

*Il m'a simplement dit :*

*– Annule !*

*(plus tard)*

*Je viens de comprendre que je n'ai toujours pas ma place dans cette classe. Ils m'utilisent.*

*Pourquoi cette évidence ne m'a-t-elle pas crevé les yeux avant aujourd'hui ? Probablement parce que je voulais y croire !*

# 10

Dès que je suis sortie de l'immeuble des Vasseur, j'ai compris que je ne pouvais garder ces infos pour moi. J'étais surexcitée, trop révoltée aussi. Mon frère aurait été assassiné par des trafiquants de drogue ! Il fallait absolument en parler à quelqu'un, mais à qui ?

J'ai d'abord songé à me rendre chez les flics mais j'avais un doute sur leur capacité à écouter une fille de mon âge. La seule personne à qui je pouvais confier le secret de Louis était mon père.

J'ai attendu qu'il rentre du magasin. Nous avons dîné à trois, en silence, comme tous les soirs. Ensuite, Maman est allée s'asseoir au salon pour perdre la mémoire devant une série télé débile.

Je suis parvenue à coincer Papa à la cuisine pour lui raconter ce que j'avais découvert : les SMS, la drogue dans les toilettes du lycée ainsi que dans la chambre de Louis, et la mort accidentelle de Samuel Vasseur. J'avais à peine prononcé le mot « drogue » que mon père, très énervé, m'a coupé la parole.

– Qu'est-ce que tu es en train de me raconter là ?

– Je crois que la mort de Louis n'était pas accidentelle !

– Tais-toi ! a crié mon père.

– Papa ! J'ai la preuve que Louis était mouillé dans un trafic de drogue au lycée !

Mon père est resté silencieux quelques secondes et puis il a lâché :

– Ma fille, tu es dingue !

– Je te jure, Papa, que je n'ai rien inventé !

– Je ne peux pas croire que Louis ait vendu de la drogue et, même si c'était vrai, j'aimerais que tu laisses sa mémoire intacte. Fais-le au moins pour ta mère ! Elle pourrait crever rien qu'en écoutant ce que tu viens de me dire. Nous avons perdu notre fils et toi, tu veux salir sa mémoire...

Je lui ai répondu que je ne voulais rien salir du tout, je désirais seulement connaître la vérité.

– Si tu aimes ton frère, cesse de colporter des ragots sur son compte !

Je lui ai rétorqué qu'aimer Louis, c'était aussi lui rendre justice en mettant son assassin en prison.

– Moi j'ai plutôt l'impression que tu portes des accusations contre Louis alors qu'il ne peut pas se défendre.

Mon père m'a jeté ces derniers mots au visage, il était blême de rage et de tristesse mêlées, et puis il est sorti de la cuisine sans me regarder.

Jamais je n'avais vécu un clash aussi violent avec lui. Je comprenais sa douleur mais, en même temps, je lui en voulais de vivre comme il l'avait toujours fait : avec des œillères pour éviter d'affronter la vérité.

Quand j'ai rejoint mes parents au salon, Papa avait passé un bras autour des épaules de ma mère comme s'il voulait me montrer qu'il la protégeait contre toutes les agressions, et surtout contre moi.

J'ai annoncé que j'allais passer la soirée chez Gloria et que je resterais dormir chez elle.

Maman m'a dit que c'était une bonne idée :

– Amuse-toi !

Papa n'a pas prononcé un mot.

Gloria a compris très vite que je n'avais pas la forme. Dans sa chambre, les larmes aux yeux, je me suis défaite du secret bien trop lourd de Louis, celui dont mon père n'avait pas voulu.

Mon amie s'est laissée convaincre plus facilement. Tout d'abord parce qu'elle se doutait bien que de la drogue circulait au lycée et qu'elle savait que pas mal d'élèves autour de nous en consommaient régulièrement. Ensuite, parce que, au contraire de mon père, elle n'avait pas transformé mon frère en icône intouchable.

Son avis était formel : il fallait tout raconter aux flics.

– Et le proviseur ? Je le mets au courant ? j'ai demandé.

Pour le trafic dans le lycée, elle était moins enthousiaste :

– Tu ne vas pas dénoncer des potes, quand même ! Beaucoup d'élèves savaient ce que traficotait ton frère et, pourtant, ils ne l'ont pas balancé !

Elle avait raison, Gloria. Ce n'était pas mon rôle de tout raconter aux autorités du lycée concernant la came. Ce n'était pas joli comme histoire, mais je n'avais pas à me substituer aux flics.

Le lendemain, Gloria et moi nous sommes rendues en cours normalement. On avait décidé que j'irais chez les flics en sortant. Dans le couloir, à trois-quatre mètres de moi, s'avançait Redon, le type qui m'avait agressée aux toilettes. J'ai détourné la tête avec l'espoir qu'il ne me remarquerait pas.

Peine perdue. C'était vers moi qu'il se dirigeait. Redon s'est posté en face de moi, il m'a observée fixement et m'a dit :

– Arrête de fouiller partout ! On te tient à l'œil !

Les autres élèves continuaient leur chemin sans rien remarquer. J'ai compris qu'il savait que j'avais été rendre visite aux Vasseur. Quelqu'un me surveillerait ? Je n'ai rien répondu. J'étais trop terrorisée pour réagir.

Après avoir délivré son message, Redon a poursuivi sa route en me bousculant volontairement d'un coup d'épaule.

J'ai regardé mon agresseur s'éloigner. Pour la première fois de ma vie, j'avais le sentiment d'être en danger, et le danger était partout. Inutile d'aller voir le proviseur, Redon nierait tout en bloc et ma peau ne vaudrait plus grand-chose à la sortie du lycée. Non, le mieux était d'aller tout raconter aux flics.

Des flics, je n'en connaissais qu'un seul : le commissaire Fernandez. On s'était rencontrés à la mort de Louis. Il nous avait reçus, Papa et moi, pour faire le point sur l'accident. Peut-être se souviendrait-il de moi...

Après les cours, j'ai pris le métro pour me rendre au commissariat, rue Clemenceau.

C'était l'heure de pointe et toutes les rames étaient bondées de gens qui rentraient chez eux après une journée de travail. J'ai trouvé une place au fond d'une voiture et je me suis accrochée fermement à une barre en métal. Nous étions serrés comme des sardines. À ma droite, un voyageur me martelait les jambes à coups d'attaché-case. Je me trouvais à l'opposé des portes automatiques de la rame, mais c'était sans importance car je ne descendais qu'une dizaine d'arrêts plus loin, Porte de Valenciennes. Soudain, à l'approche d'une station, quelqu'un a plaqué mon corps et mon visage contre la vitre des portes automatiques opposées au quai. Tout de suite, j'ai compris que ce n'était pas l'effet du mouvement naturel des voyageurs qui se pressent les uns contre les autres et qui suivent contre leur volonté le mouvement de la rame. Non, quelqu'un me voulait du mal délibérément. Je sentais tout le poids d'un corps contre le mien. Une main s'est emparée de ma nuque et l'a pressée contre la porte, violemment. J'ai tenté de crier. Des sons sont sortis de ma bouche mais ils étaient déformés par la pression de mon visage sur la vitre et couverts par le bruit de la rame. Je me suis débattue avec rage. J'espérais qu'un voyageur se rendrait compte qu'il se passait quelque chose d'anormal. Soudain, j'ai senti une pointe s'enfoncer dans mes reins. Tout de suite, j'ai pensé à la lame d'un couteau. Instinctivement, j'ai cessé de me débattre. Chacun de mes mouvements faisait pénétrer la pointe plus avant dans ma chair.

Je suis restée immobile, espérant seulement que mon agresseur ne commettrait pas le geste fatal. Une voix m'a chuchoté à l'oreille très distinctement :

– Tu arrêtes tes recherches immédiatement ou, la prochaine fois, je te plante ce couteau dans le dos !

Au même moment, les portes automatiques se sont ouvertes et des dizaines de voyageurs sont descendus.

– T'as compris ? a ajouté la voix.

J'ai fait « oui » de la tête. La pointe du couteau a relâché sa pression dans mon dos, de même que le poids du corps et la main qui comprimaient mon visage. J'ai eu le réflexe de me retourner vers les portes dans l'espoir d'apercevoir mon agresseur, mais je n'ai vu que des dos d'hommes et de femmes qui quittaient tranquillement la rame. Personne n'avait de couteau à la main.

L'endroit où la lame s'était plantée me faisait souffrir. J'ai touché le bas de mon dos avec ma main droite, sous ma veste. Mes doigts étaient poissés de sang.

Les portes automatiques se sont refermées. La rame est repartie. Sur le quai, j'ai cru voir un inconnu qui me suivait du regard. Un jeune homme banal. Il m'a souri. Je me suis accrochée à la main courante, mes jambes ne me portaient plus.

Deux secondes plus tard, la rame s'engouffrait dans les boyaux sombres du métro. La peur s'est emparée de moi *a posteriori*. À l'intérieur de mon corps, jamais je n'avais eu aussi froid.

L'homme n'avait pas planté la lame très profondément parce que ma blessure a rapidement cessé de saigner. Ma veste était trouée, mon tee-shirt également. Heureusement, la couleur sombre de mes vêtements ne mettait pas la tache de sang en évidence.

J'avais la désagréable impression qu'on pouvait m'agresser à tout moment. Jamais je ne m'étais sentie si vulnérable.

La rame filait à toute allure en direction de la station proche du commissariat. J'étais probablement surveillée. « Si je vais voir les flics, ils le sauront », me suis-je dit.

J'ai commencé à dévisager les hommes de la rame. Qui était sur mes traces ? Le type qui écoutait son iPod ? Le black qui me faisait face mais ne me regardait pas ?

L'étudiant qui faisait semblant de lire un bouquin d'heroic fantasy ? Je devenais dingue.

Quand je suis descendue sur le quai, une vingtaine de voyageurs m'ont emboîté le pas. L'un d'eux travaillait pour les gens qui avaient assassiné mon frère. J'ai marché avec la foule dans l'espoir qu'elle me protégerait.

Le commissariat était proche de la station de métro. Il ne me restait tout au plus qu'une cinquantaine de mètres à parcourir, une grosse avenue à traverser. Soudain, une nouvelle angoisse m'a saisie à la gorge : l'homme qui me suivait avait probablement reçu l'ordre de m'éliminer immédiatement si je me rendais au commissariat. C'était le sens du message de mon agresseur au couteau. « Arrête tes recherches... » avait-il dit.

J'imaginais un gros 4 × 4 m'attendant dans la rue. Comme Louis et Vasseur, j'étais une cible facile. Trop facile. J'ai décidé de rentrer à la maison. Au moment où je rebroussais chemin, je me suis heurtée à un homme que je n'ai pas reconnu tout de suite. Lui, oui. Il s'agissait du commissaire Fernandez, le flic qui avait été chargé de l'enquête sur la mort de Louis.

– Mademoiselle Lange ? Vous veniez me voir ?

Pourvu qu'il ne remarque pas la tache de sang dans mon dos...

Avant de lui répondre, je n'ai pas pu m'empêcher de jeter un coup d'œil par-dessus son épaule et derrière moi pour vérifier que personne ne nous observait. Heureusement, Fernandez était en civil. Un homme qui nous aurait épiés à cet instant précis aurait pu croire qu'il s'agissait d'un ami. Le flic avait remarqué mon regard. Lui aussi s'est mis à observer les alentours. Sa réaction pouvait me compromettre.

Je me suis empressée de lui répondre que non, je ne venais pas lui rendre visite, mais qu'une de mes amies habitait le quartier.

– Je vois, a répondu le policier.

Il a ajouté que l'enquête sur la mort de Louis était toujours au point mort.

– Je m'en doutais. Au revoir, monsieur le commissaire.

On s'est serré la main et j'ai marché à reculons le plus longtemps possible, pour dissimuler la tache de sang dans mon dos.

Sur le chemin du retour, dans la rame, je me suis collé le dos contre la vitre. J'ai dévisagé tous les passagers du wagon mais je n'ai reconnu personne. Si je n'avais pas souffert de ma blessure au dos, j'aurais pu penser que j'avais rêvé.

Je suis rentrée chez moi la peur au ventre. Entre la station de métro et la maison, je me suis retournée tous les dix mètres. J'ai même failli courir.

Jamais je n'avais été aussi heureuse d'arriver à la maison.

J'ai embrassé ma mère en dissimulant ma veste trouée et tachée de sang.

– Je monte et je prends une douche !

– Très bien, ma chérie. Je vais préparer le repas. Ton père ne devrait pas tarder.

J'ai grimpé à l'étage presque en marche arrière pour ne pas alerter ma mère. C'est la raison pour laquelle je n'ai pas vu tout de suite le message planté sur la porte de ma chambre à l'aide d'un couteau de combat.

L'arme était sans aucun doute celle d'un tueur. Le message disait : N'OUBLIE PAS !

*6 mai*

*Fabrèze m'a demandé pourquoi je n'étais pas venu à sa fête.*

*– À cause de toi, ça a été un bide, il a ajouté.*

*J'ai bien reconnu son style. Rejeter la responsabilité de sa propre impuissance sur les autres.*

*Je lui ai répondu qu'il ne m'avait pas invité en tant qu'ami mais comme dealer et que je n'avais aucune raison de me rendre chez lui parce que j'arrêtais tout. La vente du shit et du reste, c'était fini.*

*Les autres, j'espère qu'ils me ficheront la paix. J'ai dit à N. de faire passer le message et surtout que je ne dirais rien aux flics. Ils peuvent compter sur moi. Il leur suffira de trouver quelqu'un d'autre.*

*J'ai cru que Fabrèze allait m'allumer quand je lui ai annoncé la nouvelle mais, curieusement, il est resté sans voix.*

*– Comment on va faire? a-t-il fini par dire.*

*C'est tout lui, cette réaction égoïste. Elle m'a renforcé dans l'idée qu'à ses yeux je n'étais rien d'autre qu'une solution à un problème.*

*Je me doute bien que je vais payer la note d'ici quelques jours. Mes vêtements disparaîtront, mes cahiers partiront en fumée. Je me console en pensant que, dans moins de deux mois, je ne verrai plus ces gens.*

*J'en ai parlé avec N. J'irai en fac de lettres et je ne pense pas que j'y croiserai Fabrèze et Angeli.*

*N. a lu mes derniers textes et les a trouvés bons. C'est positif. J'ai bien envie de demander l'avis d'Alexia.*

*N. dit toujours que, quand on est différent des autres, il faut vivre différemment.*

*Je suis, je veux être différent.*

# 11

L'arme était plantée si profondément dans ma porte que j'ai eu un mal fou à la retirer. J'ai caché le couteau dans un tiroir de ma chambre et j'ai détruit le message. Je ne voulais pas que mes parents découvrent que des inconnus étaient capables de s'introduire chez eux à n'importe quelle heure du jour. J'avais peur pour ma mère, si seule et si malheureuse. Finalement, mon père avait raison : pourquoi poursuivre mon frère après sa mort ?

Mes parents, il fallait que je les protège. En y réfléchissant, la meilleure manière d'y parvenir consistait à prendre contact avec les assassins de Louis pour leur dire qu'ils n'avaient rien à craindre de moi. Que j'arrêtais toutes mes recherches... Le problème, c'était que j'ignorais à qui adresser ce message.

Quand je suis descendue pour dîner, mon père m'a dévisagée d'un air inquiet. J'ai prétexté le travail au lycée pour expliquer la pâleur de mon visage et mes traits tirés. Ma blessure était invisible et ne me faisait plus véritablement souffrir.

Au moment où j'allais remonter dans ma chambre, officiellement pour étudier, en réalité j'en étais incapable, Papa m'a prise par l'épaule un peu comme il l'avait fait avec Maman la veille.

– Désolé pour hier, il a dit.

En entendant ses paroles, je me suis mise à pleurer tout de suite. Ce n'était pas seulement les mots de mon père, c'était aussi la peur qui s'évacuait par les larmes.

Papa a ajouté qu'on pourrait aller tous les deux au commissariat et en parler à ma mère quand on serait certains du bien-fondé de nos informations.

– Ce n'est plus nécessaire, Papa, j'ai répondu. Je pense m'être trompée.

– Comment ça, tu t'es trompée ?

– Laisse tomber, Papa, je t'assure.

J'ai revu en pensée le poignard sur ma porte et j'ai ressenti l'agression dans le métro comme si j'y étais encore. Ces dingues pourraient s'en prendre à mon père ! Il fallait absolument qu'il oublie l'idée de contacter les flics.

– Je pense que tu as raison, Papa. La mémoire de Louis, il ne faut plus y toucher.

J'ai embrassé mon père, qui n'a rien trouvé à me répondre, et je suis montée dans ma chambre.

J'ai passé deux heures sur mon lit à retourner le problème dans ma tête. Comment agiter un drapeau blanc devant les assassins de Louis ? J'avais l'impression qu'ils étaient partout, alors qu'en même temps ils étaient insaisissables.

Soudain, vers vingt et une heures, mon téléphone portable a sonné. Un homme qui se disait être un ami de Louis voulait me parler. Il désirait prendre rendez-vous avec moi. Un rendez-vous ? Ça sentait le traquenard !

Je lui ai répondu qu'il faisait erreur car Louis n'avait pas d'ami, mais qu'il n'avait rien à craindre, j'arrêtais les recherches.

– Laissez mes parents en paix ! j'ai ajouté. Avec moi, vous ne risquez rien !

– Vous vous méprenez, mademoiselle, a répondu mon interlocuteur. J'étais son seul ami et j'aimerais vous parler.

La voix de l'inconnu était douce et lente, mais je me suis méfiée. Je lui ai dit que je ne viendrais à aucun rendez-vous et j'ai raccroché.

Quelques secondes plus tard, le téléphone sonnait à nouveau. Le même type.

– Vous avez raison d'être méfiante, mademoiselle Alexia, a fait la voix. Laissez-moi vous convaincre de ma bonne foi...

– Je vous écoute.

– Dans la chambre de Louis, sous son bureau, la planche du parquet est descellée. Vous y trouverez son journal. Quand vous l'aurez lu, vous choisirez ou non de reprendre contact avec moi. Mon numéro est celui qui s'affiche actuellement sur votre écran. Dans son journal, Louis m'appelait N. Bonsoir, mademoiselle.

Et il a raccroché.

Je suis entrée dans la chambre de Louis comme une folle. En bas, j'entendais le ronron de la télévision et, avant de me ruer sous le bureau, j'ai pris la peine de verrouiller derrière moi. Il fallait absolument éviter de mêler mes parents à cette histoire.

La planche était effectivement disjointe. Sans l'information, il était impossible de s'en rendre compte.

Sous le parquet s'ouvrait un petit espace. Le journal de Louis s'y trouvait. Un banal carnet bleu dont le dos était renforcé avec du scotch noir. En l'ouvrant, j'ai reconnu tout de suite l'écriture propre et lisible, presque calligraphiée, de mon frère.

Sur la première page, j'ai lu ceci :

*5 septembre*

*Demain, c'est la rentrée en terminale. J'ai la gorge sèche et les mains moites. Je crains l'enfer de l'année dernière. Est-ce que les choses changent parfois ? Ou alors nous poursuivons nos vies comme des satellites qui accumulent les informations sans jamais modifier leur course jusqu'au moment où ils retombent ?*

*Tout repeindre en blanc*
*Tout remettre à neuf*
*Faire table rase du passé*
*Même si*
*Au matin*
*Mes taches de moisissure*
*Réapparaissent.*

J'ai refermé l'espace secret sous le bureau et j'ai regagné ma chambre où j'ai lu le journal de mon frère. Au début, j'ai éprouvé beaucoup de joie à le retrouver à travers son écriture. Il écrivait comme il parlait et, très vite, j'ai entendu sa voix résonner dans ma tête.

Par la suite, je suis passée par des moments de tristesse et de colère. Tristesse à cause de ses souffrances quotidiennes au lycée, colère contre mes parents et moi-même qui, pendant tout ce temps, n'avions pas vu la détresse de notre Louis.

Quand j'ai terminé la lecture du journal, il était environ minuit. J'ai appelé N. Il a décroché tout de suite.

– C'est Alexia ! Quand puis-je venir vous voir ?

– Maintenant, si vous le désirez. J'ai du mal à dormir la nuit.

– J'arrive. Où habitez-vous ?

– 24, avenue du Général-Mélan, a été la réponse.

# 12

Bizarrement, je n'avais plus peur. La lecture du journal de Louis m'avait gonflée à bloc d'une énergie nouvelle. Mes parents dormaient. Je me suis habillée et je suis sortie de la maison en silence.

La station de métro était fermée et les bus rares. J'ai traversé la ville à pied de part en part. Des phrases complètes du journal de mon frère me revenaient en mémoire. Depuis sa mort, jamais je ne m'étais sentie aussi légère. Sa disparition restait tragique mais je comprenais enfin les raisons qui l'avaient poussé à vendre de la came.

Vers une heure trente du matin, je me suis retrouvée en face du 24, avenue du Général-Mélan. Les fleurs de Papa avaient disparu. Mon cœur s'est serré quand j'ai traversé. C'était un peu comme si je marchais dans les pas de Louis. J'ai regardé à gauche et à droite avant de franchir l'avenue.

N. habitait tout en haut d'un immeuble élégant et moderne, percé d'immenses fenêtres. Personne ne m'a répondu quand j'ai appuyé sur le bouton de l'interphone mais un déclic a débloqué la porte.

L'ascenseur m'a emmenée jusqu'au septième étage. Un seul appartement occupait le palier. Dans un coin, j'ai aperçu une caméra de surveillance. J'ai dû apparaître à l'écran car la porte s'est ouverte automatiquement devant moi. Personne ne m'attendait sur le seuil. J'ai compris que la porte était équipée d'un mécanisme d'ouverture à distance. Je suis entrée.

Dans une pièce immense brillaient une centaine de bougies. Sur le mur de gauche, une bibliothèque imposante et au fond de la pièce, près de la fenêtre, à peine éclairé par les lumières de la rue, N.

Le parfum légèrement sucré d'un joint flottait dans l'air. Je me suis avancée.

– Bonsoir, Alexia.

La voix était douceâtre. Une voix d'homme-enfant. Le corps n'a pas bougé d'un pouce. Un instant, j'ai cru que l'individu que j'approchais était handicapé. D'une certaine manière, il l'était.

– Asseyez-vous.

N. ne pouvait pas bouger à cause de son poids. Il n'était pas obèse, il était bien plus que ça. Il me rappelait un homme que j'avais vu à la télévision, qui pesait plus de deux cent trente kilos et était incapable de sortir de chez lui. N. ne devait pas avoir plus de trente-cinq ans. Son visage n'était pas dépourvu de beauté. Il était quasiment chauve. À moitié couché sur un large canapé qui devait lui servir de lit, il était vêtu d'une espèce de robe qui lui tombait jusqu'aux chevilles. Tout près de lui, il y avait une chaise roulante particulièrement large qu'il utilisait probablement pour se mouvoir dans l'appartement. Deux rails longeaient la bibliothèque.

Un ordinateur était posé sur un meuble muni de roulettes ainsi que deux écrans de contrôle. L'un surveillait la rue, l'autre le palier.

– Votre frère était un garçon merveilleux, a dit N.

– Je sais.

– Il pensait que lui et moi, nous nous ressemblions. Il avait tort, bien sûr. La seule chose que nous avions en commun, c'était notre difficulté à nous adapter à ce monde. Difficulté pour lui, impossibilité pour moi. Vous saviez qu'il écrivait de la poésie ?

– Je l'ai appris ce soir en lisant son journal.

N. a longuement parlé de mon frère. Il le connaissait bien, probablement mieux que mes parents et moi, qui n'avions jamais pu comprendre le jeune homme qu'il était devenu.

– Je crains malheureusement qu'au niveau du commerce du shit je n'aie été un mauvais exemple pour votre frère.

J'étais d'accord avec N. sur ce point mais je n'ai rien dit. Si Louis ne s'était pas jeté dans cette folie, il aurait été encore vivant aujourd'hui.

– Pourquoi l'ont-ils assassiné ?

N. s'est roulé un joint avant de répondre. Il me l'a tendu mais j'ai refusé. J'avais besoin d'avoir les idées claires.

– Louis était un garçon bien trop complexe pour eux, a dit N. en fumant. Ils le craignaient. Ils se sont dit qu'un type qu'ils ne comprenaient pas pourrait bien les donner aux flics. Un garçon qui renonçait à se remplir les poches, ça les a effrayés. Vous saviez que Louis ne faisait aucun bénéfice sur ses ventes ?

– Je m'explique mieux l'absence d'argent.

– Et puis, a ajouté N., à leurs yeux, le lycée ressemblait à un immense supermarché dans lequel, soudain, Louis refusait d'écouler leurs produits. Ils ont paniqué.

Nous avons parlé de Louis jusqu'au petit matin. Devant nos yeux, la ville reprenait lentement vie. Pendant notre conversation, N. a allumé des joints à plusieurs reprises. Un instant, la flamme du briquet éclairait son visage. Il ressemblait à un bouddha malade.

– Je dois y aller, j'ai dit. Mes parents vont s'inquiéter.

– Je sais qu'ils vous ont menacée. Que comptez-vous faire, Alexia ?

– Je l'ignore. J'aimerais que ces types aillent en prison pour le meurtre de mon frère. En même temps, il faut que je protège mes parents. Je pense que le Louis que j'ai découvert, je le garderai pour moi.

N. n'a rien dit. À côté de lui se trouvait une pile de manuscrits reliés. Il en a pris deux et me les a tendus.

– C'est pour vous.

Sur la couverture était écrit : *Louis Lange* et, en dessous : *Textes poétiques*.

– Nous avions tous les deux une passion pour la poésie, a dit N. On en parlait beaucoup. On en lisait énormément. Il me montrait ses textes qui n'étaient pas dépourvus de qualités. À sa mort, j'en ai fait éditer à compte d'auteur une dizaine d'exemplaires. En voici deux ! Je suppose que vos parents et vous-même serez heureux d'avoir une trace de l'œuvre de Louis.

– Merci.

J'ai laissé N. devant la fenêtre. Personne n'a émis le souhait d'une nouvelle rencontre. Il a juste dit :

– Bonne chance !

Juste avant de sortir, je lui ai encore demandé s'il avait vu mourir Louis.

La réponse a été un « oui » déformé par l'émotion.

Quand j'ai fermé la porte de l'appartement, j'ai entendu claquer le verrou automatique que N. devait actionner de son canapé.

# 13

L'avenue du Général-Mélan était déserte quand je suis sortie de l'immeuble de N. Je craignais que mes parents découvrent mon absence et s'inquiètent. En marchant vite, j'espérais rentrer à la maison avant le réveil de Papa.

Aucune voiture ne roulait sur l'avenue et, pourtant, je l'ai traversée en courant. J'ai marqué un arrêt devant l'endroit où Louis avait trouvé la mort et puis j'ai poursuivi mon chemin. Trente mètres plus loin, une ombre qui devait se cacher derrière un arbre a surgi devant moi. Dans la lumière des réverbères, j'ai eu le temps de reconnaître le visage de l'homme qui m'avait souri bizarrement sur le quai du métro, la veille. La main droite du tueur s'est emparée de mon cou si rapidement que je n'ai pu esquisser le moindre geste. De la main gauche, il m'a montré un couteau exactement identique à celui qu'on avait enfoncé dans ma porte. L'homme n'a pas prononcé une parole. Déjà, il m'entraînait vers une grosse voiture, un 4 × 4, garée à une dizaine de mètres, qui s'est mise en marche à notre approche. À moitié étranglée, je ne pouvais ni crier ni me débattre. J'ai bien tenté de planter mes ongles dans la main de l'homme mais il n'a pas desserré son étreinte. La portière arrière du 4 × 4 s'est ouverte comme par magie et mon agresseur m'a poussée dans la voiture. Il s'est assis à mes côtés et a refermé la portière. Ce n'est qu'à cet instant que sa main a abandonné mon cou. J'ai entendu le bruit des portes qui se verrouillaient. J'étais prise au piège. Déjà, le chauffeur déboîtait pour sortir de la place de parking. Je me souviens avoir pensé que je n'étais qu'une idiote. Quand on est menacée de mort, on ne se promène pas toute seule à l'aube ! J'espérais seulement qu'ils ne me feraient pas souffrir.

Au moment où le 4 × 4 a commencé à prendre de la vitesse, une voiture garée un peu plus loin sur l'avenue s'est positionnée pour lui barrer le passage. La manœuvre était bizarre.

– C'est quoi, ce bug ? a grogné le chauffeur.

Soudain, deux voitures qui projetaient une lueur bleuâtre ont freiné pile derrière nous.

Mon voisin a compris avant moi. Il a crié :

– Les flics, bordel ! et il s'est désintéressé de mon sort.

Il a ouvert sa portière en grand et s'est mis à courir sur l'avenue. Avant qu'il n'atteigne le trottoir, trois policiers armés, en civil, s'étaient dressés devant lui. Au même moment, le chauffeur, à qui il avait fallu le temps de se dégager de la ceinture de sécurité, venait d'ouvrir sa portière mais il n'a pas quitté son siège : un flic pointait déjà une arme vers son visage.

Un policier m'a tendu la main et je suis sortie du 4 × 4 comme une somnambule. Quand, tout sourire, le commissaire Fernandez est apparu devant moi, je me suis écroulée en larmes dans ses bras. Il m'a fallu du temps pour reprendre mes esprits. Quelques curieux nous observaient depuis les trottoirs.

Fernandez m'a expliqué que mon attitude, la veille, devant le commissariat de police, l'avait alerté mais c'était un coup de fil qui lui avait permis de tendre le piège.

– Nous savions qu'ils ne vous tueraient pas ici, avenue du Général-Mélan, a expliqué le flic. Ils ne pouvaient pas prendre le risque d'assassiner un frère et une sœur au même endroit.

En désignant les deux tueurs menottés à l'arrière d'une voiture de police, le commissaire a ajouté qu'il comptait sur eux pour identifier les autres membres du réseau.

Je ne comprenais pas grand-chose à ses explications.

– Vous avez parlé d'un coup de fil ? Mais de qui ?

Fernandez a levé les yeux vers l'immeuble de N.

– L'ami de Louis, a-t-il dit. Il nous a contactés hier au soir. Il avait le sentiment d'avoir été à l'origine de l'assassinat de votre frère, auquel il avait assisté depuis sa fenêtre. Il a voulu vous sauver la vie.

– Mais pourquoi ne m'en a-t-il pas parlé ?

– Afin de ne pas vous effrayer, nous avons décidé de ne rien vous dévoiler, mais vous étiez sous notre protection depuis vingt-deux heures, hier soir.

Moi aussi j'ai levé les yeux vers les fenêtres de N. Dans cette affaire, il avait été mon ange gardien, même si je savais que c'était surtout son amitié pour mon frère qui m'avait sauvée. Louis, au ciel, veillait sur moi.

# Épilogue

Il doit être autour de neuf heures du matin. Une voiture de police me reconduit à la maison. Depuis son bureau, au commissariat, Fernandez a déjà appelé mes parents pour les rassurer sur mon sort et leur expliquer les circonstances de la mort de Louis. Il est resté vague sur certains points. Ce sera à moi de leur donner des précisions. La vérité ne nous rendra pas notre Louis, mais j'ai l'impression qu'elle nous permettra d'être plus proches de lui.

Mes mains ouvrent le recueil de textes. La beauté des vers me fait pleurer aussitôt. Mon frère me manque.

En descendant de la voiture, j'espère que, où qu'il soit, il me regarde rentrer à la maison. L'aurore pâle et lumineuse annonce une belle journée.

Le ciel au-dessus de la tête de Louis était plus sombre mais je suis certainc qu'il se serait éclairci avec les années. On ne lui a pas laissé de temps.

Mes parents ouvrent la porte. Sans prononcer un mot, je leur tends la poésie de leur fils, mon frère.

## Références des poèmes

p. 23 :
Vladimir Maïakovski, « Discussions avec la tour Eiffel », in *Du monde j'ai fait le tour*, éditions La Quinzaine littéraire – Louis Vuitton, traduit du russe par Claude Frioux (source citée dans l'ouvrage : *Poèmes*, édition bilingue en quatre volumes, tome 2, p. 323, Messidor Temps actuels, 1984-1987).

p. 32 :
Henri Michaux, in *Poteaux d'angle*, © Gallimard, 1981.

p. 43 :
Fernando Pessoa (sous l'hétéronyme d'Alvaro de Campos), « Bureau de tabac », in *Je ne suis personne*, © Christian Bourgois, 1994.

## L'auteur

Thierry Robberecht écrit des textes pour la jeunesse depuis une dizaine d'années. Des romans pour les ados tout d'abord, de la bande dessinée ensuite et, plus récemment, des livres illustrés pour les petits. Ses romans du début sont surtout teintés d'humour, mais il goûte avec plaisir au polar de plus en plus noir.

## Du même auteur

**Aux éditions Syros :**

*La Mémoire kidnappée,* coll. « Souris noire », 2006

*Le Portrait de Leonora,* coll. « Souris noire », 2007

*Une affaire d'adultes,* coll. « Souris noire », 2009

**Chez d'autres éditeurs :**

*Un cadavre derrière la porte,* Hachette/Livre de Poche jeunesse, 2004

**Dans la collection**

# RAT NOIR

*Piste noire,* Christine Beigel, 2006

*Shooting Star,* Stéphanie Benson, 2008

*La Rebelle,* Thierry Crifo, 2007

*Une sonate pour Rudy,* Claire Gratias, 2006

(Prix Sésame 2007 de Saint-Paul-Trois-Châteaux, prix Enlivrez-vous en mai de Thionville 2007, prix Romanphile 2007, prix des collèges du Territoire de Belfort 2007, Livre d'or des jeunes lecteurs de Valenciennes, catégorie senior, 2008, prix Adolire – prix des lecteurs en Morbihan 2007/2008, prix du Jury littéraire de Trignac, Loire-Atlantique, 2008, prix des Prix du Territoire de Belfort 2008)

*Le Passager de l'orage,* Claire Gratias, 2008

*Breaking the Wall,* Claire Gratias, 2009

*Quand la banlieue dort,* Benjamin et Julien Guérif, 2009

*Lambada pour l'enfer,* Hector Hugo, 1992, 2006

(Prix Été du Livre de Metz 1993, Livre d'or des jeunes lecteurs de Valenciennes 1994)

*La Grande Môme,* Jérôme Leroy, 2007

(Prix du Meilleur Polar Jeunesse francophone, Montigny-lès-Cormeilles 2008)

*Adieu mes jolies,* Jean-Paul Nozière, 1998, 2007

*Un swing parfait,* Jean-Paul Nozière, 2009

*Halte au feu,* Jean-Hugues Oppel, 2004, 2006

*Allers sans retours,* Jean-Hugues Oppel, 2008

*J'ai jeté mon portable,* Serge Quadruppani, 2007

*Terminale Terminus,* Thierry Robberecht, 2010

*Victime Delta,* Louis Sanders, 2007

*Qui se souvient de Paula ?,* Romain Slocombe, 2008

Conforme à la loi n° 49.956 du 16 juillet 1949
sur les publications destinées à la jeunesse

Mise en pages : DV Arts Graphiques à La Rochelle
N° d'éditeur : 10164726 – Dépôt légal : janvier 2010